太陽炭に賭けた命

主婦社長の奮闘記

白崎満千子

▲漫才コンビの大助・花子さんからの薩摩焼酎と一緒に。（著者 66 歳）

▲セラム島へ向かうボートの中で。（博光、50 歳）

▲ラクサマナ・スカルディ大臣の執務室で表彰状を頂く。（著者 63 歳）＝インドネシア・ジャカルタで

▲2000年3月7日、インドネシア新政府のラクサマナ・スカルディ大臣より官邸で故夫・白崎博光へ感謝状を頂く。

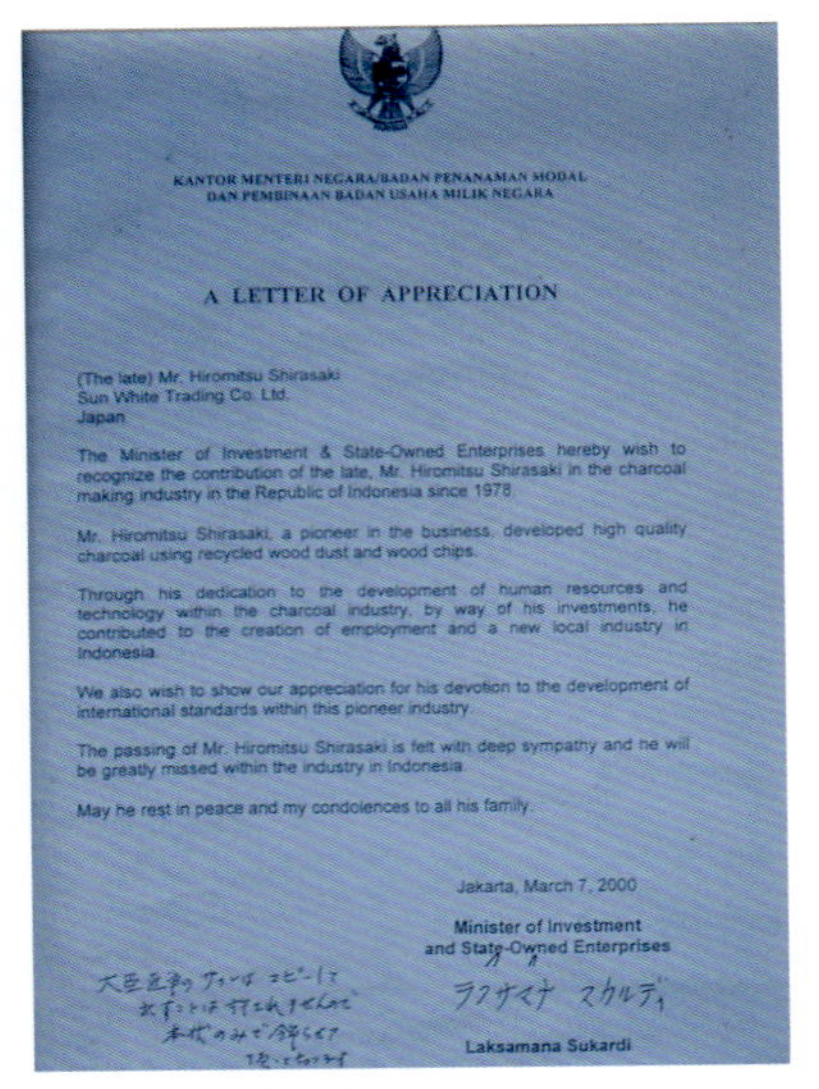

KANTOR MENTERI NEGARA/BADAN PENANAMAN MODAL
DAN PEMBINAAN BADAN USAHA MILIK NEGARA

A LETTER OF APPRECIATION

(The late) Mr. Hiromitsu Shirasaki
Sun White Trading Co. Ltd.
Japan

The Minister of Investment & State-Owned Enterprises hereby wish to recognize the contribution of the late, Mr. Hiromitsu Shirasaki in the charcoal making industry in the Republic of Indonesia since 1978.

Mr. Hiromitsu Shirasaki, a pioneer in the business, developed high quality charcoal using recycled wood dust and wood chips.

Through his dedication to the development of human resources and technology within the charcoal industry, by way of his investments, he contributed to the creation of employment and a new local industry in Indonesia.

We also wish to show our appreciation for his devotion to the development of international standards within this pioneer industry.

The passing of Mr. Hiromitsu Shirasaki is felt with deep sympathy and he will be greatly missed within the industry in Indonesia.

May he rest in peace and my condolences to all his family.

Jakarta, March 7, 2000

Minister of Investment
and State-Owned Enterprises
ラクサマナ スカルディ

Laksamana Sukardi

▲英文の感謝状。（ジャカルタにて）

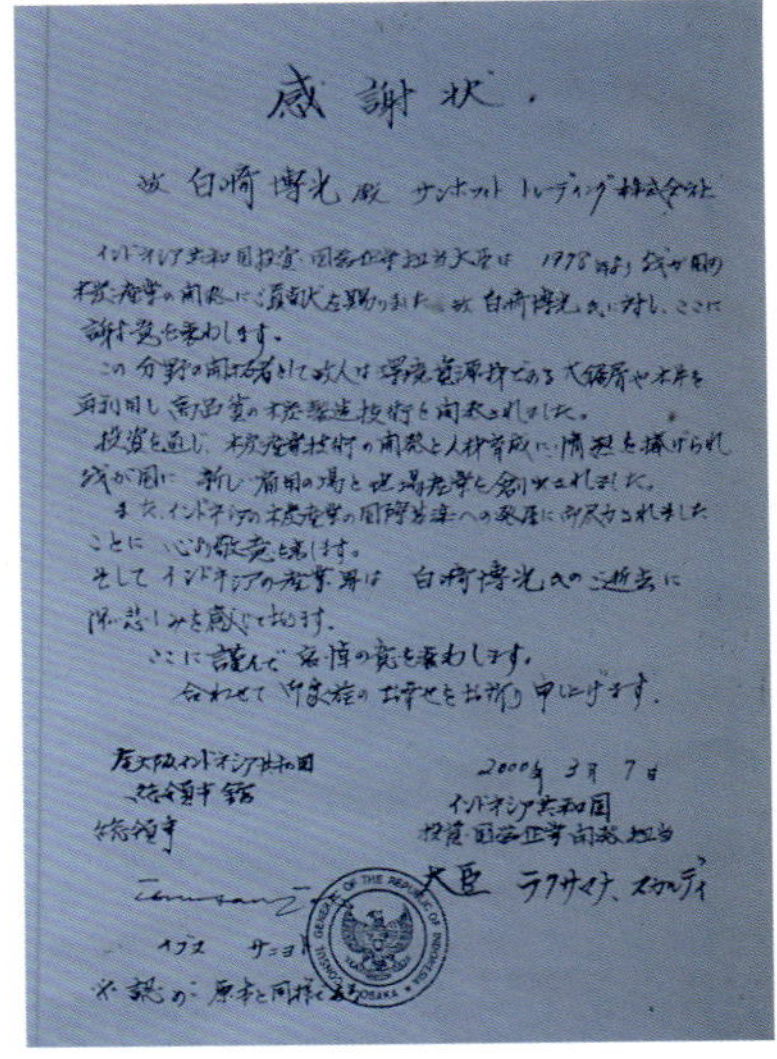

感謝状

故 白崎博光 殿 サンホワイト トレーディング株式会社

インドネシア共和国投資・国営企業担当大臣は 1978年より我が国の木炭産業の発展に貢献された故 白崎博光氏に対し、ここに謝意を表わします。

この分野の開拓者として故人は廃棄資源である大鋸屑や木片を再利用し高品質の木炭製造技術を開発されました。

投資を通じ、木炭産業技術の開発と人材育成に情熱を捧げられ我が国に新しい雇用の場と地場産業を創出されました。

また、インドネシアの木炭産業の国際基準への発展に尽力されましたことに心より敬意を表します。

そしてインドネシアの産業界は 白崎博光氏のご逝去に深い悲しみを感じております。

ここに謹んで哀悼の意を表わします。

合わせてご家族のお幸せをお祈り申し上げます。

在大阪インドネシア共和国
総領事館
総領事
イブヌ サニョト

2000年3月7日
インドネシア共和国
投資・国営企業開発担当
大臣 ラクサマナ・スカルディ

※訳の原本と同様

▲インドネシア大阪総領事館にて頂いた日本語版感謝状。

▲東京、インドネシア大使館で園遊会に招かれ、アブドゥル・イルサン大使夫妻に玄関で迎えられる。

▲イルサン大使が、著者自宅（東かがわ市さぬき）に来て頂いた記念に「桜の水彩画」を頂く。

▲オガライトを作るための工場建設途中。

◀オガライトを作るプレス機を設置中。

▲プレス機で作ったオガライトを均等にカット。

▲炭焼きから耐えるレンガを使って、100 個以上のカマを作った。

▲出来たオガライトをカマの中に一杯詰め込み、その後火入れ。15 日間かけて煙を見ながら 1200 度で蒸し焼きにする。

▲カマから出して、割れていない良いものだけ箱詰め。

◀ビニールで梱包して
品質を保つ。

▼頑丈な木枠を造り、
船の荷崩れに備える。

▲日本の港に到着後、保税倉庫の前で荷下ろし。

▲1999年、奈良東大寺前の高級料理店「夢想庵」にて。
（ここでも太陽炭を採用）

◀いつもラックと散歩した
自宅前の海辺にて。

◀世界最大のジャンボ機（2階建て500人乗り）エミレーツ航空機内で誕生パーティ。

▲機内2階ファーストクラスのバーラウンジで、キャビンアテンダントに囲まれて。

▲ローマの空港搭乗口で、著者（中央）もキャビンアテンダントに変装。

▲ナポリ55日間、著者一人旅最後の帰国のおり、雲の上（天国）で誕生日をサプライズで祝ってくれた美人のキャビンアテンダントさん達。

はじめに

〝ジュジュウ、ジュジュウジュ〜〟。高熱のグリル。網の上では肉が白い煙をあげている。香ばしい匂いが鼻腔（びこう）をくすぐり、食欲をかき立てる。網の下で赤々と燃えているのは木炭。炭の火力が肉の旨さを増幅させるというのだ。野菜も炭で焼けばおいしくなる！　多くの焼き肉のお店や、バーベキューを楽しむ家庭で使われているのが「太陽炭（たいようたん）」。その「太陽炭」を製造・提供しているのが私の会社である。

私の夫・白崎博光が創業した。インドネシアの製材工場などから出る「おがくず（のこぎりで材木を切った時に出る木くず）」を、現地で圧縮・高熱加工して作る。１９９２年（平成４年）、「太陽炭」としてエコマークの認定も受けた。「さあ、もっともっと販路を拡大していこう」。その矢先の１９９３年（平成５年）12月24日、クリスマスイブの朝に博光は急死した。享年57。

その時、私・白崎満千子（みちこ）は57歳。２人の男児に恵まれ、その子ども達も成長して結婚し、企業マンとして海外で活躍していた。仕事に忙殺される夫をよそ目に、私は趣味や友人とのつきあいに明け暮れていた。夫の会社のことはほとんど何一つ知らない、平穏な日々に浸っていたのである。

常々、夫は「会社は俺（おれ）の命」と言っていた。そんな夫が、命を賭（か）けて作ったインドネシアの製炭工場はどうなるのか。従業員は？　会社の存続は？　日本で考えていてもどうしようもない。このままでは夫に申し訳ない。

葬儀などすべてを済ませた4日後、私はお骨を胸に抱き、喪服姿のまま日本を飛び立っていた。翌年正月元旦、私はニューギニア島に近い、インドネシア・セラム島にいた。博光が最初につくった製炭工場がある島だ。赤道のすぐ南側。頭上には南十字星はじめ、満天の星が輝いていた。きらめく夜空とは裏腹に、想像を絶する苦難が私を待っていた。

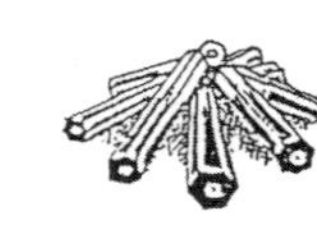

太陽炭に賭けた命

―主婦社長の奮闘記―

目次

夫が突然、亡くなった

暗闇のベッドの中で、夫・博光が突然「ウーン」とうなって苦しみ出した。1993年（平成5年）、12月24日。すぐ救急車で病院へと運ばれていった博光は、それから1時間半後、安らかな顔のまま静かに帰ってきた。うっすらと雪が残るクリスマスイブの早朝5時45分、博光は天国へと旅立ったのである。

予兆は全く無かった。突然の他界に私は茫然自失（ぼうぜんじしつ）となり、夫の名前と、アメリカにいる息子2人の名前を呼び続けていた。

この日の3日前、博光はインドネシアから奈良市にある自宅に帰っていた。しかし、すぐに韓国へと出張する。戻ってきた22日にやっとくつろいだ。

夜8時、私とNHK総合テレビの『はるばると世界旅「赤道の楽園インドネシア・あおい海の歌声～アンボン島～」』というタイトルの番組を見ていた。映像の舞台はインドネシア・バンダ海に浮かぶ小さな島、アンボン島のアンボンである。周辺の海はマグロやカツオの宝庫。歌や踊りに興じ、自由で心豊かな人生を送る島の人々の生活が紹介されていた。

見ている途中で博光は「この島の近くにうちの工場がある」といって、テレビ画面を指さした。後ほど詳述するが、博光は商社マンから起業して18年。インドネシアを基点に働いていた。商社マン時代はもとより、独立してからも「全く」と言っていいほど自宅では仕事のことは話さなかった。それが初めて自分の事業のことを話したのである。

今思うと、それは偶然では無かったかもしれない。翌日の23日は天皇誕生日で休日。この日も博光はくつろいで、こたつに座って年賀状を書いていた。異変の予兆すら無かったのである。

商社マン時代も博光は激しく働いていた。睡眠時間3時間、深夜帰宅、早朝出社は当たり前だった。独立してからは、インドネシアの海に捨てられてしまう製材工場から出るおがくずを高品質の炭に変え、世界中の人々に売り込む、そんな会社を創設し、その発展と運営に心血を注いでいた。それに燃えていた。人生を賭けていた。いつも「会社は俺の命」と言っていた。

その言葉の通り、インドネシアで博光は製炭工場を次々と立ち上げ、島から島へと飛び回っていた。新たな工場の設立や炭の販路を求めて、国内外を駆け回っていた。大阪市内の会社事務所にいる時も博光は、午後8時以降にならないと帰らなかった。日本との時差があり、現地時間午後6時、インドネシアの工場が終業するのを見届けてから帰宅していたのである。

今回はクリスマス休暇での帰宅ではあったが、それまでいたインドネシアは雨期でうっとうしく、気温は40度を超えていた。出張した韓国はマイナス10度の世界。奈良市も穏やかな日はわずかで、寒風が吹き荒れ、雪が舞う日もあった。考えてみると博光は、温度差50度以上の中を激しく動き回っていたのである。

後で分かったことではあるが、韓国出張は新たな契約を得るためだった。それを成約させるにはイギリス・ロンドンにも行かねばならない。博光はすぐにもロンドンに向かうつもりだったようだが、ロンドンはクリスマス休暇に入るので正月明けに出かけることにし、それまでの間に、自宅へ帰ってきていたのである。

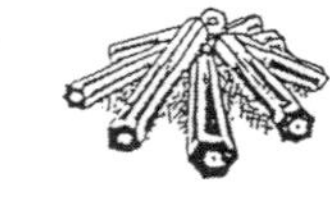

つかの間に戻った自宅で博光はホッとして、日ごろの生活の疲れが一挙に出たのだろうか。「もうこれ以上、苦労しなくていいよ」と、天が呼び寄せたのだろうか。私には夫はスヤスヤと眠っているように思えた。亡くなったとは信じられなかった。診断結果は「虚血性心不全」。急激に心臓の機能が低下し、数分で心肺が停止したというのだ。

＊　＊

私には泣いている暇もなかった。博光の兄、弟、親類、知人らが駆けつけてきた。お通夜、お葬式の準備が始まった。我が家には仏壇がある。夫の実家が福井にあり、夫の父親が我が家を新築した時に贈ってくれたものだ。でも、私は思った。「今日は奇しくもクリスマスイブだ。夫の命日には世界中の教会の鐘が鳴る」

子どもたちとその家族は全員、アメリカにいた。これから毎年、夫、そして父親をしのんで〝法事〟を営むことになっても、全員が揃ってこの家に集まることは難しい。キリスト教の教会でなら、世界中のどこにいても、たった1人であっても、その地の教会に行ってお祈りを捧げれば、博光の法事を毎年、無理なく開くことが出来る。

私は奈良市内に住むアメリカ出身の女性、フロイデス先生について英会話の勉強をしていた。フロイデス先生に連れられて、同じ市内にあるキリスト教のルーテル教会に時々通っていた。

「そうだ、この教会の牧師先生に頼んで、キリスト教による葬儀をしてもらおう」。私の母親はそれに賛成してくれた。教会へ電話をした。ノルウェー人の牧師先生は、突然の申し出にびっくりしながらも駆けつけて下さった。

しかし、博光自身は教会へは一度も行ったことがない。私も信者ではない。それでも私は言った。「今すぐ洗礼を受けます。どうか教会でお葬式をあげてください」。先生は「信者と相談します」と帰っていかれたが、電話で「お受けします」と話され、ほどなくまた我が家に戻ってこられた。

となっても、問題は博光側の家族、親類だ。博光の兄が仏壇の扉を開け「般若心経」を唱えている。仏壇の前には博光が眠っている。反対側では牧師先生が、私の願いでお祈りを捧げている。「葬儀は教会でします」と言うと、私の勝手な懇願に義兄は激しい剣幕で怒り始めた。「この仏壇はどうするのか。あんたは頭がおかしくなっ

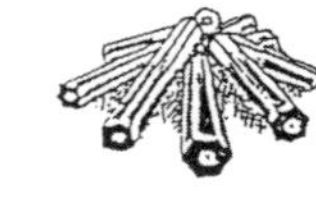

たのか」

私も強く主張する。義兄は反論する。手が付けられないほどに激しく怒る義兄と、私のやりとりの間に入ってくれたのは、博光の下の弟だった。義弟は博光の前職と一緒で、商社マンである。フランスからクリスマス休暇で帰国していて、博光兄の訃報を知った。

「お兄さん、今度はお義姉（ねえ）さんの言うことを聞いてやってくれないでしょうか。僕は、博光兄は日本では死ねない、どこの国で命を落とすかと常々、心配していたんだ。体力の限界だった」。彼は同じ商社マン博光の、仕事の苦労をよく知ってくれていた。博光が好きな我が家で亡くなった。しかもクリスマスイブの日である。それを奇縁だと感じてくれていたのだ。

義兄はなおも怒って「勝手にせい！」と怒鳴った。私はその言葉を待っていた。義兄の前に両手をつき、深々と頭を下げ「では、勝手にさせていただきます」と答えた。

葬儀は仏式から急きょ、キリスト教式に変更になった。冷え込んだお通夜の夜、空き缶をたくさん用意した。そこに太陽炭をいれて着火した。赤々と燃える炭火が、

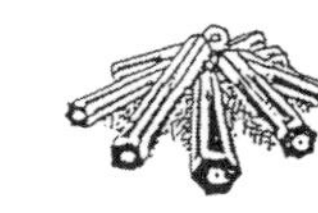

お詣りの人たちを寒さから守ってくれた。

翌日はクリスマス。奈良市内の教会で葬儀が執り行われた。教会は、一番大事なクリスマスの日に、信者でもない私たちに、盛大な葬儀会場を提供してくれた。たくさんの参列者と、牧師先生の心のこもった説教、そして賛美歌に送られて、博光は天国へと旅立った。

お通夜、葬儀、骨上げ……と続く中で、私の心は晴れなかった。「多忙の中、博光はここに帰ってきた。昨日までここにいたのに、いったい、どこへいったのだろう。今もインドネシアにいるのではないか。会社の行く末を案じているのではないか」
突然の死が、葬儀を終えても私には信じられない。博光はおがくずを固め、それを〝新備長炭（しんびんちょうたん）〟と言える炭に焼き上げる事業に心血を傾けていた。インドネシアの島々に4つの工場を作り、やっと軌道に乗って、さらに次の工場を作ろうと、現地の従業員に指令を出しているところだった。その事業の成功に、まさに命を賭けて

いたのである。

会社をどうするのか。製炭工場は存続できるのか。「俺の命」とまで言っていたこの事業を、博光はやり遂げたかったはずだ。このままでは博光に申し訳ない。それを奈良で考えていたのでは大きな間違いが生じる。インドネシアの、私が見たこともない製炭工場に立ち、今後のことを決めなければ……。私は決心した。

「これから会社をどうしていくか」。親族会議が開かれた。インドネシアへ今すぐ飛ぶ。そんな私の考えには当然、家族、親類、まわりの人々から猛反対が出た。

私の母親は「今すぐインドネシアに行くことは、死にに行くようなものだ」と反対する。他の人たちからも「あなたは夫の仕事のことは全く教えられていない。な～にも知らない主婦暮らしに、商社マンのような過酷な仕事が出来るはずがない。3日でお手上げだ」の声が出た。「あと1ヵ月待ってくれたら、私が連れて行く」。私の息子2人がそう言って、私を引き止めてくれた。

でも、何と言われても、私の決意は揺らがなかった。インドネシアの工場の従業員に、博光の死をちゃんと伝える必要がある。博光の死を私自身もまだ受け止められていない。そんな自分のためにも、そして博光を探すために行かなければならない。

年末の繁忙期であったが、シンガポール行きのチケットにキャンセルが出て取れた。片道切符ではあったが……。第一工場があるインドネシア・セラム島めざし、博光の白い骨箱を胸に抱き、喪服姿のまま空港へ。お骨上げを済ませ葬儀から5日後の、年末29日のことだった。

博光の葬儀が行われた「西奈良ルーテル教会」＝奈良市鳥見町

インドネシアへ

関西国際空港はまだ開港していない。年末の29日、私は伊丹国際空港から飛び立った。夫・博光は私の膝の上。2人の年齢を併せると百歳は優に超えている。フルムーン旅行である。窓の外は美しい雲の中。最初に降り立ったシンガポールは夜で、クリスマスのイルミネーションがキラキラ輝いてまぶしかった。

昨日までは凍えるような奈良の寒さの中で、私は弔問客と一緒に泣いてばかりの日を過ごしていた。今、私は天国にいるのではなかろうか。いや、実際に天国に来ているのだと思えた。

まずシンガポールへ。それから飛行機を次々と乗り継ぎ、インドネシアに入ってジャワ島にある首都・ジャカルタへ。さらにバリ島へと飛び、そこからスラウェシ島（セレベス島）のウジュンパンダン（マカッサル）に渡る。さらにさらに、バン

<インドネシア全図（主要な島名と関係地名）>

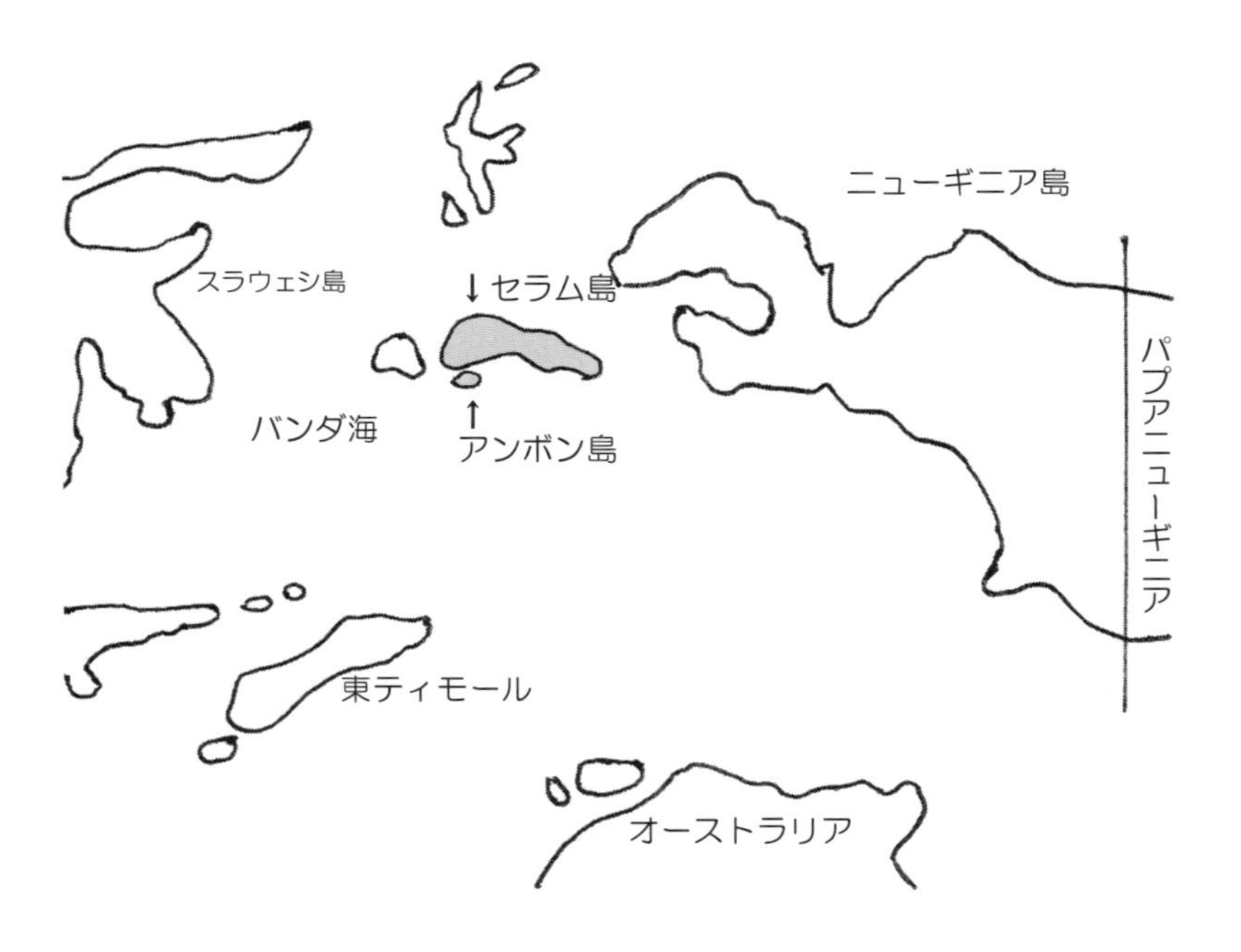

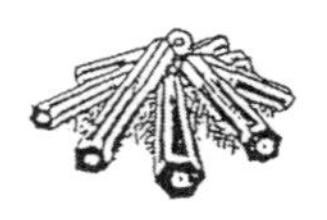

メダン
トバ湖
シンガポール
マレーシア
セレベス島
パレンバン
スマトラ島
ウジュンパンダン
（マカッサル）
ジャカルタ
スラバヤ
バリ島
ジャワ島

ダ海北側にあるアンボン島行きの飛行機に乗り継ぐ。ここからは飛行機便はない。現地人が利用するフェリーに乗り替えた。流れの早い海峡を進むなど、百キロ余の航海でバンダ海を渡る。

そのようにして私は夕方、奇跡的にセラム島にたどり着いた。日本の四国とほぼ同じ面積の島である。ここから北へ、２５０キロほど行くと赤道が走る。東側に浮かぶ島はニューギニア島だ。日本を出て４日目、日本からは約８千キロ離れた地、博光が初めての製炭工場を造った島、そして木材工場の機械を輸出していた頃、何度も通っていた島である。島を車で横断して私はその地に立ったのである。

１９９４年（平成６年）元旦の夕刻だった。

南十字星が輝き始めた。夜空には大小無数の星が、手の届くほどの高さで競い合うようにきらめいている。「このままでは博光にすまない。現地に立って考えよう」と、何も知らないまま無我夢中でやってきた私を、頭上の星々は輝いて迎え入れてくれた。

博光はここに命を賭け、ここでおがくずから良質の炭を作ることに燃焼していた。博光には馴染みの島々ではあるが、私には初めての地である。そしてもう1つ、ここは70年以上の昔々にあった、太平洋戦争（１９４１年〜１９４５年）激戦の地でもあった。アメリカ・ハワイの真珠湾攻撃とともに進撃した日本軍はシンガポールを攻略し、さらに、その頃はオランダ領であったインドネシアにも侵攻して、スマトラ島のパレンバン、ジャワ島のバタビア（ジャカルタ）などを制圧した。このセラム島も日本軍に占領され、日本の師団が敗戦時まで駐屯していたという。

連合国軍の反撃でニューギニア島、フィリピンやインドネシアの島々、このセラム島の近海などでは日本軍敗退までの間、あまたの海戦があって、数多くの将兵や民間人、現地の人たちが命を落としていったのだ。敵味方を問わず、多くの御霊が眠っている地である。そのことを思い私は、真夜中に１人たたずみ手を合わせ、御霊の鎮魂を願って祈った。

元旦の夕闇の中、私が乗ったセラム島に行く最後のフェリーが着岸する。岸壁に

は数台のジープが私を迎えに来ていた。それに乗ってジャングルへと突き進んでいく。川へもザンブザンブと突入していく。そうして数分後、ものすごいスコールの中、私は博光の造った工場の中に立っていた。ウールの喪服に身を包み、博光の遺骨、遺影を胸に抱いていた。その姿は従業員にとっては異様だったに違いない。

社長はつい10日ほど前まではここにいて、元気に仕事をしていた。その社長が、日本に帰るとなぜ、すぐに亡くなったのか、どうしても信じられない、といった様子だった。私にも信じられない。この地から、博光のファクスが何度も日本に届いていたのだから。それなのに何故？

出迎えた従業員たちは驚いて私を取り囲んだ。「ミセス白崎がこんなに早く、ここにやってきた。天から降ってきたのか」。そして遺影と遺骨を抱いた私を、抱きかかえんばかりに取り囲んだ。みんな目を真っ赤にしている。涙をポロポロとこぼしている。博光は現地の人たちにこんなに慕われていたのだ。

ここに着く前、バリ島のホテルで従業員に会い、「工場は守るから心配しないでいてほしい」という私の決意を伝えて、それを現地語、英語などに翻訳し、コピーをたくさん作ってもらっていた。そのコピーを集まった数十人の従業員に何語を話

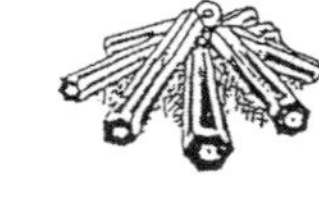

すか聞きながら、１人ひとりに渡した。

従業員と直接会って、私の腹はさらに固まった。博光の遺志を守るだけではない。この従業員を守らなければならない。会社を継ぐ。１日でも長く会社が生きているということは、博光も生きているということである。

どこまで歩けるかは分からない。後ろは崖っぷちのみ。前へ向かって歩いて行くしか道は無い。私は覚悟を決めた。

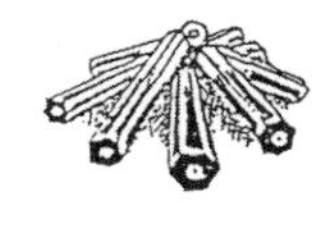

「太陽炭」の製造工場で働く現地の従業員たち

製炭工場を守れ

セラム島の工場で私は従業員に「工場は絶対守っていく」決意を示した。翌日は1994年（平成6年）1月2日。日本ではまだ正月の休みのうちだが、インドネシアでは平常の仕事日である。

私は製炭工場をどう継承し、発展させていくかを考えていた。すぐにもその話に取りかかるつもりだった。だが、その日は日曜日。会社側はこの日は、従業員や家族らのピクニックを計画していた。私1人を宿舎に残して出かけたくないと、同行を提案してきた。今後どうするかの思案で頭が錯綜している私にはそんな余裕がなかったが、しぶしぶ提案に乗った。

私たちを乗せたジープ7台がジャングルを突き進んで行く。きれいな滝が流れ落ちているところに着いた。ジャングルの深い緑の中、滝は一直線に落ちて白い水しぶきを上げている。身も心もぼろぼろで疲れ切っていた私は元気が回復し、救われた気がした。

＊　＊

翌日の朝、製炭工場の工場長と話し始めていた。そんなとき、島の岸壁に自家用のヨットが着岸した。インドネシア有数の製材会社「J社」のヨットだった。製炭工場で使うおがくずは、「J社」から提供されている。ヨットから降りてきたのは「J社」の社員と社長の息子で、彼はかつて日本の上智大学に留学していたことがある。

工場長との話し合いは中断された。工場長と岸壁に行くと、彼らは私に「これから会議をするので、しばらく待っていてほしい」と話した。

宿舎で待っていると帰ってきた息子は「奥さん、すぐ荷物をまとめなさい。これからジャカルタへ連れて帰ります。1人で帰すのは危険ですので、アンボンからジャカルタへの飛行機にも私が同行します」と言う。私は「どんなに苦心してこの島に着いたのか。これから山ほど仕事があるのに嫌だ」と言っても、息子たちは聞かない。私を無理矢理ヨットに乗せ、セラム島から離され、すぐ近くのアンボン島に運ばれた。

最初私が、飛行機、フェリーを乗り継ぎセラム島に入ったとき、工場従業員に博光亡きあとも私が事業を継続していくと伝えた。従業員もそのことを納得してくれていた。しかし、製炭工場におがくずを提供している「J社」にとっては、私がこのまま残っていては、邪魔となったのである。「他人の不幸はチャンス」なのである。博光の死を知った「J社」は、セラム島をはじめ3つの製炭工場を自社に取り込もうとしていたのだ。私を島から放り出すことが「J社」の絶対命令となったのだ。
韓国の3つの代理店も製炭工場から直接購入しようと動き出していた。私はアンボン島で一泊したのち、飛行機でジャカルタに向かったが、息子はそれにも同行してきた。

ジャカルタに着く前、アンボン島に戻された私はアンボンの町で、博光の定宿だったマニセホテルに入った。そして、博光がこのホテルに泊まるたびに世話をしてくれていた「マニセ」君に会った。彼に「ジャカルタでのこれからの交渉のために通訳を探している」と伝えた。外出先から戻ると彼からメモを渡された。「コマツ」と書いてある。

「この人、日本人？」

「そうです」

「この島で何をしていた？」

「昨年11月頃、ここに何人かと来て、ムービーを映していました。10日ほど滞在していました」

こんな僻地(へきち)にきて映像を撮っていた。そんなことをするのはＮＨＫのあの番組しかない。前年暮れの12月23日、私は居間で博光とＮＨＫ総合テレビの『はるばると世界旅「赤道の楽園インドネシア・あおい海の歌声～アンボン島～」』を見ていた。それだと直感した。

ジャカルタに行った私は「コマツ」さんを訪ねた。ＮＨＫの現地事務所にいた。「小松邦康」さんという方で、インドネシア在住、ジャカルタを拠点に新聞・テレビ等のマスコミ各社に取材協力をしていた。そして案の定、確かに彼は、あの番組の制作に携わっていたのである。まさに奇縁を感じた。

このときは別の事情で通訳を頼まなかったが、インドネシアに行くたびに小松さんから、現地事情を教えていただいたり、情報を提供していただいたりとお世話になっている。

彼は私と同じ香川県出身である。1987年（昭和62年）10月からインドネシアに移り住んで島々を旅して回り、3年でインドネシア27の全州と、東ティモールを制覇したという。紀行作家として足で集めたインドネシアの素顔を描いた『インドネシア全二十七州の旅』や『インドネシアの紛争地を行く』（出版社「めこん」）といったルポ等を出版している。

記述が横道にそれました。本題の製炭工場のことに戻します。
ジャカルタで私は「N社」を訪ねた。「N社」は大阪の日本企業とインドネシアの企業が作った合弁会社で、社員が何百人もいるという、インドネシアでも有数の大会社だ。
「支店長を紹介します」と言われて待っていると、出てきたのがまだ20代の青年。合弁先企業・大阪の社長の息子だという。「白崎さんのこと、私は尊敬していました」。そう言われて、無我夢中でここまで来た私は泣けてきて「もし私が倒れたら、博光がしてきた事業がみんなJ社やほかの企業に取られます。そんな事態になったら、あなたの会社が博光の事業を引き継いで下さい」とお願いをした。

彼は「私の部下をあなたに付けます」と言って車も提供してくれた。それから1週間、どこに行くのも彼の部下が付いてきてくれた。人脈を生かして調べ、通訳もしてくれた。

こうして博光の足跡を追っていると死の直前、シンガポールに近いインドネシア・スマトラ島のメダンにセメント工場をつくる計画を立て、成立寸前までいっていることが分かった。現地の承諾や必要な人材、融資の確保にも目途が立ち、契約書まで博光は持っていた。ことがうまく運べば、博光にはかなりの額のコミッションが入るということも分かった。

死の前々日、韓国に行っていたのはこのためであった。年末に韓国から帰宅した博光が「これからは大金持ちになるから、会社の古い事務機器は買い替える。お前たちには何でも買ってやる」と、珍しく仕事絡みのことを話したのは、このことがあったからである。

この日の翌日は天皇誕生日。テレビで天皇陛下が「美智子（皇后）には苦労をかけています」と話していた。上機嫌でこれを見ていた博光が私に言った。「満千子（みちこ）には苦労をかけています」。私は「うれしいわ」とでも言えば良かったのだが、反発して口答えした。「お前は今まで『ハイッ』と言うたことがない！」。これでまたムッとした空気になったことを思い出す。

いろいろと助けてくれた「N社」に、このセメント会社のことを話した。こんな大きなプロジェクト、果たして本当に進行していたのか、私は疑問に思っていたが、「N社」は真偽を調査して「奥さん、この話は本当です」と言ってきた。「この事業、貴社で継いで下さい」と私が言うと「N社」は木材を扱う会社。違う業種には進出できないとのこと。「これからどうするか、日本に戻って、うちの社長（合弁相手の大阪の企業）と相談して下さい」。「N社」の若い日本人支店長が、彼の父親に会うことを勧めてくれた。私は日本に戻ることになった。

「N社」の助力で様々なことが分かり、インドネシアで博光が切り開いてきた事業を守る道筋が出てきたように思えた。日本に戻ったら「N社」の合弁先、大阪の会社社長に相談しよう。そう思った私は10日ほどインドネシアに滞在して、今後の炭の安定供給を取り付けたうえで、製炭工場の運営はある程度、現地に任せることにして帰国した。私はヘトヘトになっていた。

大阪に戻った私はインドネシアにある「N社」の合弁企業相手先である大阪の会社社長に会った。博光の事業を引き継いだ私は、会社の決算書を彼に見せた。すると社長は「こんな会社、つぶしなさい。うちの会社の弁護士が手続きをしますから費用はいりません」と意外な対応である。「生き延びようと思って相談に来ました。助けてくれると思ってきました。なのに、つぶせとはいったい何事ですか」。私はかっとなって言い返した。

「N社」の傘下にはたくさんの製材工場がある。ここに博光が持つノウハウを移し、おがくず利用の工場をつくっていけば、莫大(ばくだい)な利益がもたらされるとの思惑から、私に倒産を勧めてきたのである。「N社」はセメント工場のプロジェクトには進出できないが、製炭プロジェクトなら製材工場の延長として引き継げる。そうなれば、大きな儲けになると計算していたのだ。

こんな中年の普通のおばさんが、大きな事業を継承しようとしている。ましてや海外での取引だ。何にも知らない主婦社長に何が出来るか。主婦の素人仕事、どうせ長続きがしないはずだと彼ら、いやどんな人も私を見ればそう思っただろう。絶好のチャンス、それじゃ会社を丸ごといただきましょうという輩が、いっぱい出てくるのが当たり前だ。「N社」もその一つだったのだ。女だと見てあなどられ、なめられていたのだ。

そうなると私には闘志が沸く。後述しますが、祖父は香川県の片田舎で、今もその地の基幹産業になっている手袋製造業をしていた。父母はその販路を広げるために大阪に居を移し、船場商人に負けじと頑張ってきた。私にもその「商人魂」が伝わっている。「女だと思って、なめるんじゃないよ」。私は「会社をつぶせ」の申し出を断固拒否した。そう言えば「なめるんじゃないよ」が父親の口癖だった。「そう言ってお父ちゃんも毎日戦っていた」。私は父の姿を思い出していた。

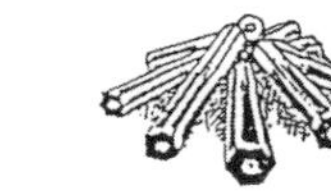

1998年（平成10年）5月、インドネシアのスハルト体制は崩壊した。合弁企業の「N社」首脳は、スハルト大統領の側近だった。スハルト体制の崩壊で「N社」はつぶれた。セメント工場のプロジェクトの方は、それから1年後の12月24日、奇しくもクリスマスイブの日本経済新聞紙面で、タイの企業に持っていかれたことを知った。天国の夫・博光から私はガーンと頭を殴られたような気がした。

イブの朝の博光の突然の死去で私は即インドネシアに飛んだ。彼の事業、彼の足跡を追っていくうちに「太陽炭」誕生に賭ける博光の努力、意欲、情熱を初めて知った。彼がしていた仕事の全貌が次第に浮かび上がってきた。彼の「凄さ（すご）」「偉大さ」が分かってきたのである。それまでの私は、まとまったお金が入ると、それを持ってインドネシアに飛び立っていく博光を恨みがましく思っていた。

彼は自分の仕事のことはほとんど家では話さず、愚痴も一切こぼさないまま亡くなったのだ。

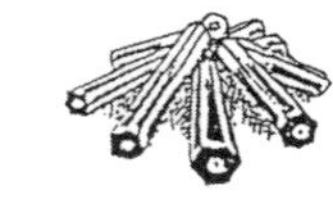

アンボン島の人たちにとって、歌は生活の一部、命の糧(かて)、最大の娯楽という＝小松邦康著『インドネシアの紛争地を行く』（めこん）から

「ハゲタカ」に襲われた

それからは2ヵ月に1度はインドネシアに出張した。そのつど10日ほど滞在した。そのほか、韓国へも飛ばねばならない。

博光の残した借金は1工場につき約1億円で、計約4億円はあった。為替の関係でインドネシアでは10倍ぐらいの価値がある。これらの設備資金は、工場完成で回収する手はずであったが、そのますべてが借金として残った。

私は父親の会社を手伝った時期があるので、経理のことは少しは知っていた。しかし、専業主婦となった今、登記のこと、税金のこと、貿易業務、金融のこと、法律のことなど、仕事で必要な知識はな〜んにもない。反対に解決しなければならない問題は山積みである。

光　　光

それらと、どう取り組んでいったかは後述することにして、ここでは博光の簡単

な生い立ちと、起業した後の事務所設立時に私も関わった「大事件」のことを記します。この大事件が博光を「太陽炭」製造に向かわせる契機になったのだから。

博光は福井市生まれで、6人きょうだいの次男。彼の父親は国鉄（日本国有鉄道＝現在のＪＲ）マンで、駅長として舞鶴、敦賀、福井、金沢、富山で勤務し、金沢運輸局長を最後に退職した。博光は金沢県立二水高校を卒業して、１９５４年（昭和29年）、大手商事会社・伊藤忠商事に就職した。

これもまた後述しますが、私たちは共に23歳で結婚して最初は大阪市内に住み、長男・慶太、次男・貴士が生まれた。その後、近鉄・奈良線の「学園前」北側に居を構えた。現在はこの地の北側に近鉄・けいはんな線が開通したので、そのターミナル駅「学研奈良登美ヶ丘」の南側にあたる。

サラリーマンは家庭的と私は思っていた。ところがどっこい、博光は、いやこの頃のサラリーマン、ことに商社マンは猛烈社員だった。深夜帰宅、早朝出社、睡眠時間3時間は当たり前。国内外を飛び回り、家にはいない日々。まるで母子家庭のようだった。

博光は主に繊維畑が担当で韓国に駐在したこともあり、東南アジアやヨーロッパを中心に出張を繰り返していた。一方、私は子育てなどに専念し、〝亭主元気で留守がいい〟とばかり、のほほん・平穏に日々を送っていた。

1976年（昭和51年）、博光は40歳で伊藤忠商事を退職して独立した。当初は奈良の自宅を事務所にし、その後、大阪・梅田新道のビル内に事務所を構えた。会社名は「サンホワイト」。伊藤忠時代の博光は、姓の「白崎」から「しろちゃん」「しろさん」と呼ばれていた。「しろ」→「ホワイト」、「さん」→「サン」が会社名の由来である。主に東南アジア向け機械の輸出などで、博光は商社マン時代と変わらず、海外を飛び回っていた。

＊　＊

普通の専業主婦として暮らしていた私ですが、彼の事務所に出入りせざるを得ないことがあった。それは博光が起業してから9年とちょっと、1985年（昭和60年）夏に、伊藤忠とは違う別の大手商社がからんだ融通手形を巡っての事件に「サンホワイト」も巻き込まれ、事務所を閉鎖することになったからだ。

その頃の博光はさらに多忙で出張が多く、事務所の立ち上げに立ち会うことが出来ない。私が代わって奈良の自宅から通うことになった。その最中さらに、博光の会社があわや乗っ取られそうになる「大事件」が起きた。まさに飢えたハゲタカに食いつぶされそうになったのである。

それより2年ほど前、私の知り合いだったKさんの奥さんが、一戸建てに住みたいと家を探していた。Kさんは博光と同じく元サラリーマンで、脱サラして自分の会社を作り、大阪に事務所を持っていた。ちょうどそのとき、私の友人が家を売りたいと話していたので両者をつなぐと、とんとん拍子に話がまとまった。夫妻は公団住宅から私の近所に引っ越してきた。

Kさんのお奥さんは「不動産屋さんに手数料を払わずに済んだ」と喜び、お礼にと私たち夫婦を夕食に招待してくれた。「何で俺(おれ)が行かなあかんのじゃ」と博光は渋っていたが無理矢理に連れていって、Kさんと初めて顔見知りになった。それが縁でKさんと博光とは、機械部品の取引をするなどで、仕事上の付き合いも始まっていたようだ。

それから2年経った夏、我が家にKさん夫妻が「お風呂を使わせてほしい」とやってきた。それがこれから詳述する「大事件」の発端となったのである。

Kさん夫妻は何でも、自宅の風呂が修繕していて使えなくなったからというのだ。「ほかにもっと親しい友人がいるはずなのに何故？　銭湯も車でちょっと行くとあるのに」と尋ねると「白崎さんの家の風呂は明るくていい」と言うのだ。

それからは夫妻は毎晩のようにやってきて、風呂を使っていた。博光は酒を一滴も飲まないが、外国へ行くと必ず洋酒を買ってきて棚に並べていた。酒好きのKさんは毎晩それを飲んで、博光に〝オベンチャラ〟を言って帰っていった。

そんなことが1ヵ月ほど続いた。ちょうどそのときに、博光の会社に融通手形を巡ってのトラブルが起きていて、博光はその対応に追われていた。場合によっては会社を閉じざるを得ない事態に陥っていたのである。

その事態とは……

博光の会社「サンホワイト」は大手商社とその子会社からの依頼を受け、決算前

後の在庫処理のため、実際には取引はしないのに融通手形を出し合っていた。その子会社は、大手商社の営業部長が自分の部下の課長を派遣して作った会社で、部長はこの会社をトンネルにして、在庫操作をしていた。それが大手商社の内部審査でばれた。

親会社からの支援が途絶えた子会社は、あっという間に倒産となって、それが「サンホワイト」にも及び、もらった手形が紙くずになったのだ。博光は「サンホワイト」が振り出した本当の仕入れ先への手形は全部買い戻し、必要な支払いも全額払った。しかし、紙くずになった相手先の融通手形の金額が大きく、2、3回は何とか賄ったが、後はどうにもならない。商社マンが商社にだまされたのだ！　資金がとうとう底を尽き、博光の会社はこの事件を公にして、国の調査をしてもらうとの決意で自己破産をすることにした。

その頃、博光の会社は大阪・梅田新道にある「サンホワイト」の事務所とは別の場所に、20人ほどが就業する縫製工場を持っていた。これは別法人にして、部下を社長にして生かした。もう1人の部下は元々独立を希望していたので、切り離した別法人に移っていった。

皮革部門の男子事務員は、家業を継ぐと言って円満退職した。事務所はビルの大部分を占めているホテルが、以前から買い取りたいとの申し出があったのですぐに売却した。仕入れ先に振り出していた手形は全部買い戻し、買掛金もすべて支払った。

このようにして取引先や社員には迷惑を及ぼさず、「サンホワイト」は精算することになったが、インドネシアなどとの機械輸出事業が続いている最中で、その事業を継続させるためには新しい会社を興さなければならない。当時、国際間の商業取引に必要な通信手段は「テレックス」だった。事務所に残った機械輸出部の3人とテレックスを置くには、新しい事務所がすぐ必要だ。そんな時にあのKさんが言ってくれたのである。「うちの事務所の隣が空いていますよ」と。

1985年（昭和60年）9月、大阪・四ツ橋にあったKさんの事務所隣に、博光は自分の事務所を開設した。当人は台湾出張があって、開設時には行けない。私が代わって事務所に毎日、顔を出した。そのとき、ビル1階の出入り口で私はKさん

に会った。彼はぷいと顔を横に向け白々しい態度。たった5日前まで風呂を借りに来ていた。あれほど我が家に出入りして、親しく話をしていたのに、何故?

また、博光がいないときはいつもうちの事務所にいて、来客に名刺を出し自分を売り込むのである。

次の日、私が事務所に行くと部屋の表札に「Kエンジニアリング」と書いてある。昨日までは何も書いていなかったのに。

その日、奈良に住むKさんの奥さんから電話がかかってきた。「あなた、そこ(事務所)で何してるの。今朝、うちの主人が家を出るときに、奥さん(満千子)に事務所から出ていくように伝えろと言われてるの」。私は一瞬絶句して「留守番役でここに来てるんです」と答えると、Kさんの奥さんは「そこはうちの事務所よ。すぐに出て行きなさい」と、ものすごい剣幕で怒鳴った。「事務所の必要な部屋代は、私はKさんに払ってあるけど。だから、ここはうちの事務所と思っていました」。私がそう言うとKさんの奥さんは「ガチャン」とものすごい音をたてて、電話を切ってしまった。

これより前の日、事務所の部屋代(3ヵ月分+1ヵ月分=140万円)がファク

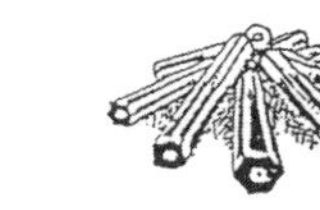

スで届いていたので、それを私は何とか工面をして持参していた。

この日は博光も事務所に来ていて、Kさんと私の3人でお昼ご飯を食べに行った。帰る途中、道を歩きながらKさんに「(事務所部屋代)立て替えていただきありがとうございます。お金は封筒に入れてあります。お受け取りくださいませ」と歩きながら渡すと、Kさんは「いりません、いりません」と手を払うので「私どもにお金が無いからと、ご親切にそう言って下さるのでしょうか。(自己破産などで)白崎はぼろぼろでしょうが、最後の男の意地だ思って、部屋代だけは受け取ってください」と何度も頼むとKさんは「では預かっておきます」と胸のポケットに封筒を押し込んでいた。歩きながらだったので領収証はもらえなかった。

私は受話器を置くと涙が出て止まらない。Kさん夫妻はつい先ほどまで「白崎さん、白崎さん」と、下にも置かないでいた。私どもは友人と思っていた。それが、わずかの間でこんな目に遭わされるとは。Kさんのしていることが分からない、邪魔しているのか、私たちを助けてくれているのか、泣きながら自問自答していた。

だんだんとKさんの卑劣な思惑が分かってきた。博光は自分の事務所にテレックスを置こうしたが、申し込み待ちですぐには設置出来ない。そこで、Kさんの事務所に急いでテレックスを引いていた。そのテレックスにインドネシアから機械部品の注文が入ってきた。その金額が大きい。Kさんも機械関係の仕事をしていたが、始めてからまだ日が浅い。商いもあまり無い。しかしながら博光の会社は大きな取引をしている。そこで博光の会社を取り込んで、自分の会社にしようと考えたのだ。

彼は博光の事務所員2人の給与をすぐ3割増しにして抱き込み、いろいろと聞き出していた。インドネシアに駐在している若い従業員が盆休みで帰っていたところだったので、機械取引の金額の大きさを聞き出してすぐに彼の給与を引き上げ、抱き込んでいた。

そう言えば、Kさんが「あなたの会社の手伝いをします。貿易の本を買って勉強します」と言っていたので不思議に思っていた。私が事務所に行ったとき、Kさんは「ここは男に任せて、奥さんは奈良におればいい」と言っていた。私はKさんが親切心からそう言ってくれたと思っていた。実はKさんは私が事務所にいると、会社乗っ取りの邪魔になると考え、何だかんだと言って私が事務所に顔を出さないように仕向けていたのだ。

「白崎は倒産して夜逃げをした。白崎は家にいない」との噂を、Kさん夫妻はあっという間の早さで、奈良の私の友人、知人たちにまき散らしていた。あること無いことを、まるで私どもが極悪犯人のように触れ回っていた。私の友人の1人が「今こんなことをKさんとその友人が言いふらしているよ」と、そっと教えてくれていたから察してはいたが……

私と博光を離したら、博光が立ち上がれなくなると考え、そうなったら彼の事業は自分の物になるとの思惑からだったのだ。そんなことに気づかない私は「この頃、急に友達からの電話が無くなった。いったい何故なんだろう」と思っていた。

「事務所を出て行け」と言われた日、私は「どうしてこんな仕打ちに遭うの。神様、助けて」と泣きながら、当時あった近くのそごうデパートに入り階段を上ったり下りたりして、台湾に出張している博光の帰りを待った。きらびやかに飾られた商品も目に入らず、夢遊病者のようにして夕刻、伊丹の空港に帰国した博光を出迎え、このことを告げた。

翌日、博光はKさんと会って話し合いをした。このとき、Kさんは「この事務所

から今すぐ出て行け」と言って、140万円が入った封筒をものすごい剣幕で投げつけてきたという。

*

こんなこともあった。博光宛のテレックスで入った機械部品の注文を、Kさんは博光には言わずに自分のものとし、博光の会社の元インドネシア駐在員と2人で、注文の部品を現地へ運んで行ったのだ。現地の韓国人の工場長、姜さんが2人の行為をなじった。「白崎さんが大変なときに、自分の会社から納品しようとするとは何たることか。日本人はこんなことをするのか。私は白崎さんしか信用しない」。そして元駐在員には「恩知らずめ！　すぐこの島から出て行け」と怒鳴ったそうだ。2人とも放り出されたのである。

予定が外れた2人は帰国したが、このときの飛行機代、出張費など、それに自身の日当なども加えて計370万円の支払いを、この事件直後に発足させた博光の新しい会社に要求してきた。

この件などを含めて後日、博光とKさんが話し合いをした。するとKさんは博光の事務所に来て「これからも機械部品の取引をしてほしい」と申し出てきたという。どんな顔をしてよく来られたものだと私は思ったが、出張費などの支払い請求を相手にしないでいると、何度も支払いを求めてきて、さらにKさんは告訴してきた。嫌がらせの裁判となった。

２年がかりの裁判で、結果は博光側の勝訴で終わったが、Kさんの「Kエンジニアリング」は、ハゲタカのように博光の会社にたかり、乗っ取りを図って食い尽くそうとしていたのだ。こんな卑劣な人間が普通の顔をして暮らしているのか。世間というものを私は初めて知った。田舎では先祖代々、何をしたかと言われ、あの家はどうのこうのと言い続けられる。だから人間信用第一で育てられた私である。

博光は大急ぎで新しい事務所を探し、大阪・本町に見つけて移転した。新しい会社を登記するには、急いでも10日はかかる。新会社には縫製工場の従業員たち、博光の父、私の母ら、たくさんの人が出資してくれて、資本金１０００万円の「サンホワイト　トレーディング（ＳＷＴ）株式会社」が発足した。

前の取引先の銀行も、すぐ元のようにL／C（信用状）をオープンしてくれ、銀行取引も前と同じように動き出した。

テレックスの端末機

災い転じて「太陽炭」

インドネシアに駐在していた社員が「Kエンジニアリング」に取られた。そこで急きょ、新しい社員をインドネシアへ送り込まねばならなくなった。

「機械に強い人、セラム島に駐在してもらう」の条件で、博光が大阪市内の人材バンクに申し込むと「天洪送（てんこうそう）」という人物が応募してきた。台湾人で30歳、奥さんは日本人だ。彼は静岡大の大学院に留学生としてきていた。卒業してからは鉄工関係の会社に勤めていた。しかし、転職を考えて人材バンクに登録していたのだ。

私たちの次男が静岡大にいたので、電話して在籍していたかなどを調べてもらった。夜、次男から電話が入った。「確かに在籍していた。この人、天才だよ。大学院の留学生はみんな天才クラス。どうしてそんな人が、うちみたいな小さな会社に来るの?」。これを聞いて博光は即採用し、「洪（こう）クン」と呼んでいた。

博光は既述のように10年前に大手商社を辞め、小さな商社「サンホワイト」を創業した。そして、主に繊維機械を東南アジアへ輸出していた。そんな中、インドネシアでは、国家プロジェクトとして力を入れているのが林業と知った。そこで同国に進出して日本の木工機械を売り込み、輸出することに力を入れるようになった。

そんな博光の会社にインドネシア第一級の製材会社「J社」が取引を申し込んできた。「J社」はインドネシア・セラム島の未開のジャングルを切り開いて5000人の従業員を入れ、製材した木材や合板木材を世界へ輸出する大手財閥の会社である。

大きな工場では、小さな部品1つが故障しても操業に支障を来す。流れ作業の機械が全面ストップし、従業員が働けなくなってしまうのだ。それを避けるには、1秒でも早く部品を現地に供給することが大仕事となる。

小さな部品は人の手で運べる。注文が入ると日本から社員が部品を持ってインドネシアへ飛ぶ。そこからは駅伝競走のようにして、人から人へと部品をリレーする。飛行機、フェリーを乗り継いで、ジャカルタから3000キロも離れたセラム島まで運ぶのである。

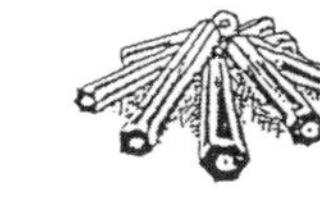

いかに早く部品を調達し、届けてくれるか。それがその企業の命運につながる。大手商社との取引だと「L／C」（エルシー＝銀行が発行する信用状）をオープンしたり、日本側本社の了解が必要で、部品が届くまでに時間がかかる。急用には間に合わない。そこで小回りがきく博光の会社に、外資系の大手銀行を通じて「J社」からの話が持ち込まれてきたのだ。

こうして日本製の木材機械、その部品の輸出を通じて、インドネシア大手の「J社」とのつながりが出来たのである。博光は毎月のようにセラム島に出張していた。その折り、目にしたのが製材工場から出る膨大なおがくずだった。

工場では処理に困って大量に海に流したり、ガソリンをかけて焼いたりしていた。それを目の当たりにした博光は、おがくずを使って新産業を興すことを考えていた。発酵させて肥料にし日本に運ぶことも一案だったが、妙案が浮かばないままだったのである。ところが、新しくセラム島の駐在員として派遣した洪クンが、おがくずの新しい活用法を呈示してきたのである。

その妙案とは……。おがくずの木炭化であった。

洪クンが駐在員として出発する日、私は家にあった蚊帳（かや）を彼に持たせた。熱帯の彼の地では、いろんな病気の原因ともなる蚊が飛び交っている。マラリアなどを媒介する蚊に刺されるのを心配したからだ。後ほど手紙が届いた。「あの蚊帳、セラムでは一番助かってます」

半年後の正月、彼が帰国する。「白崎社長、あのおがくずは使えますよ」と言った。彼の専門は「冶金（やきん＝鉱石から金属を分離・精製する分野）」だった。でも、彼の先生が教授で九州にいて、おがくず利用を研究していた。おがくずは発酵させて肥料にすることが出来るが、赤道を越えて運ぶ途中で変質する恐れがある。炭にすればその心配が無いと言っていたというのだ。

新しくセラム島に赴任した洪クンは、変質する可能性が高い肥料よりも木炭化を進言した。その進言を受け入れ、おがくずを〝金の延べ棒〟に変化させたのが博光であった。この地を沸かせる産業はこれしかない！　考えあぐねた末、博光は木炭産業に進出することを決断した。

自己破産、親しい人の裏切りという災いの連続が、新しい人材の雇用に転じて、「太陽炭」の誕生へと発展していったのである。洪クンのこの一声がヒントで「太陽炭」は生まれたのである。「天洪送」の名の通り、まさに「天」がこの従業員を「送り」込んでくれたのだった。

世はバブル経済のまっただ中。大手銀行が保証協会の保証を付けて、いくらでも借りてくれと事務所に日参してきた。博光はその資金をつかんでは、木炭工場建設に注ぎ込むのである。インドネシアでは為替の関係で、日本の金額の10倍ほどになって使えた。

東西5000キロ、南北1500キロ、1万3000の島々からなるインドネシア。東端のニューギニア島に近いセラム島へ行くには、飛行機、フェリーを乗り継いで3日から4日はかかる。

飛行機は古くてガタガタのプロペラ機、いつ落ちても不思議はない。フェリーは木造船で、戦争前から瀬戸内海辺りで使っていたらしく、日本語で「○○丸」と書いてある船もある。時刻表などはない。いつ動くか、いつ止まるかは分からない。月に1度ずつ、博光はインドネシアを行ったり来たり。韓国へも売り込みで乗り込み、さらには従業員集めと、狂ったように働いていた。

１９８６年（昭和61年）、セラム島に最初の製炭工場が誕生した。この建設を通じて、工場では技術者が育っていた。博光は第二、第三の工場を立ち上げるのに奔走する。

その結果、ジャワ島のスラバヤに１つ、スラウェシ島のウジュンパンダンに２つの工場が出来た。さらに西端のスマトラ島にある、パレンバン近くのジャングルにも次の工場を作る計画を立て、機械４基を日本円７千万円で調達し、同島に送っていた。

ところが40フィートコンテナ４本に入ったその機械が、パレンバンの保税倉庫から行方不明になったのである。博光死去の寸前、１９９３年（平成5年）の年末のことだ。それを探しに移動、また移動の日々。博光は人間業ではない動きをしていた。

博光は「俺はＪＩＣＡ（ジャイカ＝国際協力機構）の仕事を自前で、独りでやっている。（身辺に）お金は一切残さない。足跡だけを残す」と私に言っていたが……。

赤道直下、土砂降りのスコールがあり、マラリア、フィラリアに罹患が心配される地。そこで宗教が異なる５カ国の人たちを働かせるのは、至難の業である。従業員は２００人ぐらいまで増えていた。博光は彼らを指揮し、戦いながら燃え続けていた。

若いときは身長１８０センチ、体重は90キロ近くあった。年齢とともに糖尿病が悪化して痩せてきていた。しかし医者嫌いだ。「俺の体は俺が一番良く分かっている」と相変わらず元気だった。その折りの博光の体力は限界ぎりぎりだったに違いない。

「夜になると頭上に様々な星々が輝いていて、すごく美しい」。そう語るだけで、仕事についての苦労話は全くしなかった。

おがくずを焼き固めた「オガライト」（下）と
製品になった「太陽炭」（その上）。
炭にすると重さは３分の１程度になる。

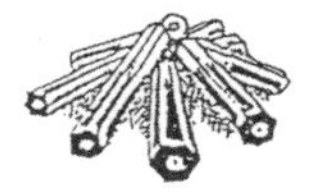

製炭工場が出来るまで

木を蒸し焼きにして炭を作る。蒸し焼きにする材料は、木でなくておくず。そんなことが出来る人材は、インドネシアにはいない。一方、大きな機械、例えばジーゼル発電機ならば、機械をばらしてパーツにし、現地へ運び込む。そこへ日本から専門家が乗り込んで組み立てれば完成だ。さて、どうやってインドネシアに製炭工場を作る？

日本の炭焼き熟練者は高齢で、インドネシアへは連れていけない。博光は商社マン時代、台湾に行き来し、韓国に駐在していたことがあった。そのときの人脈を利用して韓国人、台湾人を雇って連れていった。

そのうちの1人、工場長として呼んだ韓国人の男性はまだ若く、結婚してまもなくの赴任だった。寂しかったのでしょう。セラム島で酒におぼれてしまった。体調が悪くなり帰国させたが、戻ってから亡くなった

という。そんな悲しい出来事もあった。

現場を任せていた工場長が亡くなったので、博光はよけい忙しくなった。そんな中で炭とは何の縁も無かった博光は、ものすごい勢いで勉強を始め、本を読み様々なことを調べ、技術者と話し合いながら製炭工場建設に邁進（まいしん）していた。

パーツにして現地に運び込んだ機械設備の方は、それに同行した日本側の機械メーカーの人が、何日もかかって築き上げた。製炭工場の建設にはセラム島の製材工場トップも協力してくれた。日中は40度から50度にも達することがあるという中で組み立てていく、まさに男のロマンがあふれる仕事であった。

蒸し焼きにする釜を作るのは、試行錯誤の連続であった。壊してはまた作る、壊してはまた作ると、失敗を繰り返しながら技術を習得していった。

おがくずを大きな機械でより分け、湿度を一定にしてから制圧機に流し込む。そこで高温で乾燥させ、長さ1メートルの棒状にする。化学薬品は一切使用しない。木が持っている自然の脂（やに）もいかし、樫（かし）の木のような固い固い素材をつくる。

これをすぐに焼き上げないと、スコールの多いインドネシアでは湿り気を帯び、元の柔らかさに戻ろうとする。直ちに釜の中に積み上げて火入れをし、蒸し焼きにする。１２００度の温度で15日間、夜も眠らずに見張りをして焼き上げるのである。

一日に何回ものスコールがある。バケツをひっくり返したような雨が高温の釜にかかると、釜に亀裂が生じる。そうなると中に水が入って木炭は全滅。そんな失敗をくりかえしながらやっと、技術を編み出していったのである。

ものすごい資金と、人海戦術が必要な現場では、５ヵ国の人が働いていた。韓国人、台湾人、マレーシア人、インドネシア人、日本人である。

英語、インドネシア語などと、いろんな言葉が乱れ飛んでいた。それを束ねるのが博光。炎熱の太陽の下、何度も何度も試行錯誤を繰り返した後に完成したのが、セラム島の第一工場だった。地鎮祭の折は、その地の風習で祭壇に子羊を生け贄(にえ)としてまつる。これが一番辛かったと博光が言っていたのを聞いたことがある。

パーツを組み立てる工場全体の設置作業も大変であった。ユンボ（パワーショベル）もブルドーザーもない中で、知恵と汗との戦いだった。

工場の高さは7階建てビルと同じくらいはある。日本から来ていた技術者のTさんは、目まいがして落下。九死に一生を得て帰国となった。博光が半死半生のTさんに付き添い香港まで来たが、博光自身の飛行機チケットが取れない。Tさんだけは一刻も早く日本へ帰したいと、1人で飛行機に搭乗させる。日本で出迎えた私とTさんの夫人が、病院へ搬送して入院させた。

そのとき医者から、保険金目当ての殺人未遂かとなじられたことを思い出す。医者の質問は「どうしてこんなひどいケガのとき、お宅のご主人はそばにいないのですか」だった。殺人事件の犯人のように思われたのだ。

Tさんはこのとき、うめき苦しんでいて意識不明の状態。しかし奇跡的に快復した。今も交流がある。そのときの私は事情が何にも分からず、Tさんの無事を祈るばかりだった。

Tさんの奥さんは冷静で、私のことをののしりもせず、泣き言も言わず、じっと耐えていた。その姿に私は救われた。Tさんの母上、娘さんも一緒に黙ってみておられて、お二人にも私は頭が下がる思いでした。

セラム島での第一工場がスタートした折の大事件でしたが、ほかにももっと大きな事件が、毎日のように発生していたとのこと。こんな過酷な場所で、5ヵ国の男たちが大きな大きなプロジェクトに取り組んでいたとは。映画『黒部の太陽』とはスケールが違うが、私の大好きな石原裕次郎さん主演の映画みたいなものでしょうか。

おがくず乾燥機。ここでおがくずを乾燥させてふるいにかけ、均一にしてからパイプでプレス機に送る。

苦難は際限なく……

話を私が社長業を受け継いでからのことに戻します。

製炭工場の継承にも身を削る思いをしたが、さらに私には苦難がいっぱい待っていた。

前述のように博光が亡くなる前、彼はスマトラ島のパレンバン近くのジャングルに製炭工場を立ち上げようとして、機材4基を日本円7000万円で調達して送り込んでいた。インドネシアではその10倍の価値になる。40フィート大型コンテナ4本に詰め込んでいたその機材が丸ごと、パレンバンの保税倉庫から行方不明になったのだ。

博光もそれを追っていたが、私もそれを探さねばならない。そのままにしておくと、会社のバランスシートでは「在庫」で計上され、税務署には「隠し財産」とみ

なされるからだ。

機材を探してほしいと日本の警察、日本の国際弁護士に相談したが、動いてくれない。私もパレンバンに向かった。事業を継いで3年ほど経った頃だ。

タクシーをチャーターし単身、探し回る。あちこち尋ね回って夕方、ジャングルの中に製炭工場が出来ていることを知った。タクシー運転手にそこへ向かうよう指示するが、運転手は「虎が出るようなところへは行けない」と頑強に拒絶する。

「行け」「行かない」。やっさもっさのやりとりを知ったホテルの支配人が来て「この会社のオーナーと、うちのホテルのオーナーは同一人物だ。明日、会えるように手配する」と話してくれた。

翌日はオーナーではなく、副社長が出てきた。「盗難品と知らずに機械を買ったかもしれませんが……」と切り出すと、だんだんと副社長が怒り出した。「うちはシンガポールで、日本の大手商社から正式に購入した。ここに設計図もある」

それを見ると日本語で書いてある。私はびっくりした。これも博光が亡くなる直前の頃のことで、博光はインドネシアのはるか東、太平洋を越えた南アメリカのチリにも工場をつくろうとし、機械設備の手配をしていた。博光が亡くなったあと、

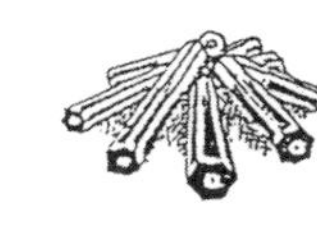

このことを知った私は、事業の継続を大手商社に頼み、設計図を渡していた。博光が精魂込めてこしらえあげた設備一式が、雨ざらしにでもあって朽ちて果ててしまうのは防ぎたい。その一心もあって私は機械を探し回っていた。保税倉庫から消えた機械がここに来たのだろうか、その真相は今もって分からないまま、ここは引き下がらざるを得なかった。

しかし、このままでは日本では在庫として残り、税金を支払わねばならない。私は警察署へ行き、「盗難届けにサインをいただきたい」と懇願して回った。日本円では7000万円といってもインドネシアでは巨額だ。10倍の7億円以上の価値がある。

あちこち回って最後に会った女性の部長は、私の目の前で授乳しながら話を聞いてくれた。インドネシアは進んでいる、この女性部長のように、子育てしながらの勤務もオーケーなんだと私は思った。その場で返事をいただけなかったが、帰国寸前の夜、ホテルの私の部屋のドア下に、部長のサイン入りの書類が差し入れられて

いた。盗難被害を認めてくれたのだ。これで日本での税務処理が可能になったのである。

＊　＊

韓国へ炭を供給するに際しての、こんなトラブルもあった。

韓国の「A社」に届くようにと、インドネシアの工場に信用状（L／C＝エルシー、銀行が発行する支払い代金の保証書）を日本で発行して注文した。炭の分量は10キロ入りで約3万ケース。1ヵ月後、韓国・仁川（インチョン）港に船が着いて積み荷を開くと、積み荷は「A社」のボックスではなく、競争相手の「B社」のボックスに入っていた。

「これは我が社が注文して積んできたのだからうちの炭だ」「いや、我が社のボックスに入っていたんだから、うちのものだ」と2社の間で紛争となり、どちらも譲らない。訴訟沙汰にもなっていた。炭は保税倉庫に積んだまま。毎日毎日、多額の倉庫代も発生している。

すぐ来てほしいとの連絡で、私は韓国に飛んだ。2人は血が頭にのぼり、大変な騒ぎになっていた。私は「白崎が生きていたら、こんなことは出来ないでしょう。

炭があるから喧嘩するのなら、炭は日本に持って行く」と言って仲裁に入ったが、貿易手続き上、日本には回せない。返すとすれば、仕向地のインドネシアへ向かうしかない。

「では、炭は海の中へ沈めなさい」と言うと、海を汚すことになり国から禁止されているという。そんなやりとりを現地の方に通訳してもらいながら「A社」の社長、「B社」の社長に頭をさげまくって懇願する。1週間、ホテルで缶詰になりながら話し合いを重ね、まずは訴訟を取り下げ、いったん積み荷を保税倉庫から出すことにした。それから「仲良く分けてほしい」と頼んで、人海作戦でパッケージ名をそれぞれに変え、全ケースを半分半分にした。その全費用は私が出した。

解決まで1週間、仁川港に野次馬も出る大騒ぎとなった。

私は商社マンの仕事は難しいもんだと痛感した。世界中の国々と取引して、いろんな物品がやっと日本に輸入出来るのは、商社マンの努力の賜だと感謝した。

そのときもヘトヘトになって帰宅したら、博光の親友で東京に住む大手商社のO氏が大阪に駆けつけてこられ、私を賞賛してくれた。「奥さん、よくやったね。インドネシアと韓国の、世界で一番難しいといわれる三角貿易のトラブル、それを見

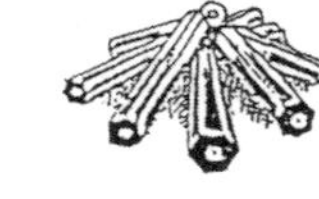

事に解決した。一人前の商社マンになったなぁ」と。

※ ※

再びインドネシアでの体験だ。

インドネシアの製材会社に未収の機械代金があった。その額が日本円で1億2500万円。日本では「売掛金」として計上されているが、これも日本では税金の対象になる。仕事を引き継いでからインドネシアに行くたびに集金に行くも、いつも空振りで1年半も待たされて、やっと相手社長との面談がかなった。

こちらはお金がなく、のどから手が出るほどほしい。先方は今はお金が無いので1億は支払えない、残る2500万は分割で支払う、サインしろと主張する。先方には弁護士もついている。

ホテルに戻って私も急きょ弁護士を依頼して乗り込む。しかし相手社長は逃げて面談を避ける。訪問してもガードマンにさえぎられる。私はホテルにこもってひたすら相手からの電話を待ち、こちらからも電話をかけた。でも相手は出ない。胃がきりきりと絞り上げられ、血がしたたるような日々を過ごす。

そして1週間、やっと電話連絡がついた。「まだ白崎さんはホテルにいたのですか」と相手社長。私は「これが解決するまで日本には帰れない」と答える。「では、すぐに事務所に来てくれ」。そこで事務所に行くと、用意されていたのは1億放棄、2500万は分割払いのサインのみ。もうどうしようもない。切羽詰まった日程である。帰国しなければいけない。とうとうサインをした。

残りの2500万は確かに分割して送ってきたが、為替の変動の幅が大きく、日本円での価値は半分になった。それでもないよりましで、助かったのである。

あわや、湖で遭難か、ということもあった。

セメント工場建設の件でスマトラ島のメダン出張の折だったか、メダンから南西約150キロ、トバ湖の湖中にあるサモシール島のホテルに泊まった。トバ湖は世界最大のカルデラ湖である。カルデラ湖とは日本の十和田湖のように、火山が噴火した後の凹地に出来た湖だ。トバ湖の面積は琵琶湖の倍近く、1000平方キロに及ぶ。

湖畔を散歩していて日本人に出遭った。トバ湖はインドネシアがオランダに統治されていた時代には、オランダ人の保養地だったという。従って日本人にはまだあまり知られていない観光地。先方も驚いたようで、こんなところまで来る日本人は作家ぐらいしかいないと思ったのか、「あなたは山崎豊子さんでは?」と話しかけてきた。『白い巨塔』や『華麗なる一族』などの社会派小説で有名な作家と間違えられたのだ。強く否定してもなかなか誤解を解いてくれなかった。

それはさておき、事情で私はメダンを朝早くたつ飛行機に乗って、帰国することになった。ボートと船頭を雇い、対岸にはジープを手配して深夜、ホテルを出た。昼間は遊覧船などで賑わっていた湖面も、今はまったくの闇(やみ)と静寂に包まれている。対岸へ向かって古いエンジン付きボートは動き出す。3時頃だったろうか、エンジンが停まり、ボートは勝手に流され出した。船頭とともに私もオールを漕ぐ。必死である。空が白み始めた。遠くかすかに鶏の鳴き声が聞こえる。岸が近い。2人とも元気を取り戻し、必死で漕いでやっと対岸にたどり着いた。

ジープの運転手も、約束の時間に私たちが現れないので岸辺を探し回っていた。ジープに乗り移ると運転手はつづれ織りの山道を猛スピードで走り、70キロほど先

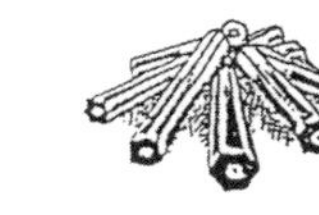

のメダンの空港に送り届けてくれた。日本への便にはやっと間に合った。

こんな生死の分かれ目になりそうなことは、インドネシアに行く度に数多く体験した。

※　※

1998年（平成10年）5月、30年以上続いたスハルト体制が崩壊した。

私はその前後にもインドネシアにいた。政権交代後のジャカルタでは、銀行はお金を引き出す人たちで溢れていた。預金を引き出し、大量のインドネシア通貨ルピア紙幣を〝ずだ袋〟に詰め込んで引き上げて行く人を大勢見た。そのとき、お金はただの紙くずだと悟った。

私の持っているたった1万円もルピアに交換できない。ドルしか相手にしてくれないのだ。タクシー代も払えない。やっと港で船員相手に両替しているところを見つけ、交換してもらい代金を支払った。

商店街はシャッターを下ろしている。物価が2倍、3倍となった。日銭稼ぎの労働者はお米を買うのにも困っている。そのうち暴動、略奪が起きた。インドネシア

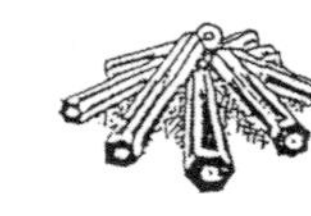

経済を握っている華僑の中国人は、オーストラリアに逃げる人が多く見られた。殺される恐れがあったからだ。実際、殺される場合もあった。

日本人は安全であったが、中国人と間違われて殺される場合もある。そんな中で私はインドネシアにたびたび飛んで、どっこい「生きていた」のである。

※　※

インドネシアは人口約2億5600万人。人口のほぼ9割がイスラム教徒だ。政変後、イスラム教徒がキリスト教徒を襲う、またその逆の争いも多発した。宗教紛争の背景には、それを扇動する勢力があったと聞くが、スハルト体制が崩壊したこの年11月、首都のジャカルタで紛争が発生し死者が出ていた。翌年1月19日、アンボン島にも争いは飛び火した。

同月22日付けの朝日新聞は21日発の特派員電で「衝突の死者24人に　教会・寺院への放火続く」の見出しとともに、インドネシア警察本部の司令官が記者会見で話した内容を伝えている。

「19日からアンボン島で続いているイスラム教徒とキリスト教徒のグループの衝

突による犠牲者は、同日までに少なくとも22人に達した。騒ぎは同島北部のセラム島などにも広がっている」。そして「アンボン空港は21日も閉鎖されたままで、外国人数人が立ち往生している」と。本当は死者は何百人といたが発表では少なくしていた。

私はその19日、アンボン島にいた。同日午前6時、アンボン空港から飛び立った。空港は私が飛び立った後すぐ閉鎖となったのだ。この日もし後2時間、島に残っていたら「立ち往生している外国人数人」の中に入っていた、いやそれ以上の可能性、紛争に巻き込まれて犠牲者になっていたかもしれなかったのだ。

このときのインドネシア訪問は、ジャカルタでの会議、セラム島での工場視察、交渉などが目的だった。紛争多発の情報は知っていたので、私は何となくラマダン（イスラム教徒の断食をする期間）明けの19日、何かが起きると予感して、それまでには帰国しようと日程を逆算、1月3日に大阪を発つと決めていた。

その計画に従って、奈良の自宅を出発。電車を乗り継いで関西国際空港に着くと、パスポートが無い。自宅に忘れていたのだ。予定の便に乗り遅れると、ジャカルタに直接飛ぶ飛行機は2日後か、3日後だ。それだとラマダン明けまでは帰ってこられない。しかし、香港経由の便に変更してインドネシアに入れば、事前に組んだ日程とほぼ同じように動ける。すぐに自宅に戻ってパスポートを見つけ空港に戻れば、香港行きの便に間に合う。

私はすぐに決断した。高額ではあったが香港行きの便を押さえ、タクシーを飛ばして自宅に取って返した。パスポートをつかんで再びタクシーに乗り、空港に戻った。このようにして香港経由でジャカルタ入りをしたのである。

何かが起きると予感はしていても、それがまさかアンボン島でとは思ってもいなかった。もし日程が2、3日後にずれていたら私はどうなっていたか。

このときアンボン島では紛争が暴動となって、死者が少なくとも65人になった。いや、それ以上になった。そのときは、町全体が焼き尽くされ住民はジャングルへと逃げ込んだ。紛争はセラム島にも拡大し、博光の工場も廃墟に化したと後で聞いた。ジャカルタにいた知人は、私がまだアンボンにいるかもしれないと思い、巻き込まれていないかと大騒ぎになっていたという。

その前の日の夕方、明日は帰国だからと私は町のスーパーマーケットへ買い物に行く途中、浜辺で人相の悪い男たち大勢が座り込んでいるのを目撃した。黒く日焼けした男たちが大勢いるのを見て私は、明日は村の祭りでもあるのかなぁ、岸和田のだんじり祭りのようなものでもあるのかなぁと思った。その男たちが8時にいっせいに立ち上がり、暴動を起こしたのだ。

私は何も知らずに日本に戻って、初めてこの騒ぎを知った。命があったのはまさに奇跡。神のご加護の賜（たまもの）と感謝した。

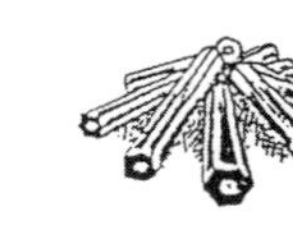

町の中心地が破壊されたアンボン
小松邦康さんの著書『インドネシアの紛争地を行く』（めこん）から

販路を増やせ

「太陽炭」という名前は、博光の会社名「サンホワイト」が由来。「サン」＝「太陽」から「太陽炭」となった。命名はもちろん、博光だ。いい名前だ。私は気に入っている。

博光が「太陽炭」を売り出した頃の、主たる消費地は韓国だった。焼き肉などの料理店用、韓国の暖房装置「オンドル」の燃料用が主な用途だ。ところが、博光の死去で韓国の3つの代理店全部が「サンホワイト　トレーディング（ＳＷＴ）」の子会社でありながら傘下から離れ、直接インドネシアからの買い入れを策した。女性の私が社長では先行きが心配だと思ったのでしょう。それぞれに生活がかかっているのだ。そのため、韓国からの需要が大幅に減った。

一方、韓国では私の会社の調整が無くなったため、炭の価格が2倍、3倍となっ

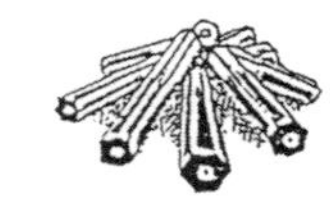

た。ある代理店の社長が私に詫びを入れてきた。「今、あなたの会社の近く、奈良・東大寺に来ています。会ってほしい。これまで通りの取引に戻したい」と。

私としては顔も見たくない相手。「会わない」と言ったが、「どうしても」と言う。会うと先方は「あのときは大変失礼なことをした」と泣かんばかりの低姿勢。私はのどから手が出るほど、元のようにうちの会社ですべてコントロールしたかったが、当時は資金不足が大きく、銀行の援助も仰げない状態である。その社長に「インドネシアからの炭はすべて日本で引き取る、韓国へは輸出させぬ」と啖呵を切って、実際はそんな日が来ることはないと思いつつも突き放した。

何としても国内での販路を拡大していかないことには「太陽炭」のこれからは無い。引き継いだときの国内販売実績は、小売りをしていないのでほぼゼロ状態。従業員は3人だった。私が陣頭に立って売り込みに励み、販路を広げていかねばならなかった。

「1ケースでも売れればいい」の覚悟だった。レストランへ1人で出かけ、売り込もうと「こんにちは」と言いながら入っていった。セールスと分かると店側は「ここはお客さんが入ってくるところ。裏口へ回りなさい」と言われた。「そうだ、その通りだ」。そんなこともわきまえないまま、私は商売に突入していったのだ。
昔はお米屋さんが炭問屋を兼ねていることが多かった。しかし、炭需要があまりないことから、休眠しているような状態。私は需要を掘り起こそうと、炭の「安全」「安心」と、供給の「安定」を売り文句にし、ダイレクトメールをばんばん送って、攻勢をかけた。炭業界には異例の価格表も作り、小さな注文でも安全、安心な炭を、安定的に供給することを約束して売り込んだ。電話帳などで炭火を必要とする業界の連絡先を調べ、そこにパンフレット、チラシを送り込んだ。従業員も一丸となって頑張り、よく働いてくれました。

パンフレット攻勢と同時に私はどんなところへも飛び込んで行って、売り込みをした。車で走り飛行機に乗り電車を乗り継いで、どんなところにも出かけて営業した。そこでしゃべりまくって「太陽炭」の利点を訴えた。流通も全部自社で行い、どんな小さな店でも、ひとりの人間対人間であるとの思いで向き合った。

ある焼き肉店、1店だけの小さな商売と思ったら、そこはチェーン店の1つだった。成約すると炭の需要は1店だけにとどまらない。全国にあるチェーン店全店に広がった。末端は小さくても、それが大きな商売へつながっていったのである。

炭は間断なく供給していくことが最大のサービスであると知った。それには宅配便を最大限に利用した。宅配のサービス網が充実してきていたからだ。宅配業界は1ケースでも10ケースでも、翌日までには全国配達してくれる態勢になってきていたからだ。倉庫も日通のような大手から、地方の大手業者が力になってくれて流通を担ってくれた。

あるお得意先の焼き肉屋さんは、気づいたら炭の在庫がない。とりあえず「1ケース送ってほしい」の注文が入る。炭が切れてしまったら店が開けられないのである。私は1ケースでも注文に応じた。配達料は炭の値段の倍になっても、採算を度外視して対応した。時にはタクシーの運転手さんや赤帽の方にも頼んで、炭を運んでもらったこともあった。

すぐに供給する「サンホワイト」のサービスは前代未聞であった。宅配便のお陰

である。それが信用を呼び、1ケースが5ケース、10ケース、100ケースへと注文が広がっていった。

自らも炭を運んだ。

1日100ケースも炭を使ってくれる焼き菓子などの製造・販売会社と契約が出来た。京都・福知山近辺に工場がある。ふだんは宅配などで定期的に供給しているが、ある雪の日、工場に取り置きの炭が無くなったとの連絡を受けた。明日からの焼き菓子製造に支障が出る。

朝4時、私は奈良市内の倉庫に向かった。フォークリフトを運転して炭を取り出す。そこからは乗っていった大型トラックに手作業で積み込んだ。そのままトラックを運転して雪の坂道を下り、トラック街道などを突っ走って数時間かけ、工場まで運び込んだ。

後述しますが私は20歳で運転免許を取った。かつては大阪市内で外国車を乗り回していた。トラックであろうがスポーツカーであろうが、へっちゃらである。車の運転はお手のものだったのだ。

こんな〝緊急輸送〟が何度もあった。運ぶ途中の道路脇に運送会社があるのを見つけた。その店に飛び込み、緊急時の炭をその会社内に置いてもらえないか、無理矢理に頼んだ。やっとオーケーが出た。炭の一時貯蔵基地が出来たのである。それ以降、急ぎの注文が飛び込んできた場合は、この基地から運び入れてもらうことになって、私の緊急輸送は終了した。

これをきっかけに同じような輸送組織をこしらえた。もし地震が起きて輸送がストップしたらどうするのか。そんなことを考え、倉庫業者に依頼して関東にも、東北にも同じような仕組みを作った。

阪神淡路大震災（1995年＝平成7年1月）のときは、輸入した炭を神戸港に陸揚げできないことになった。そこで船を日本海側の舞鶴に回航させて運び入れた。博光が亡くなってからまだ1年ちょっと、「太陽炭」の売れ行きはそれほどではない。それでもコストを度外視して決断・実行した。

震災から4年ほどの後、前述の通りインドネシアで紛争が多発し、炭の供給が途絶えた。このため、手持ちの在庫が不足し、お得意さんに迷惑をかけそうになった。私は北海道にも問屋さんを通じて販売先を広げていた。炭の在庫が無くなりそうになったちょうどその折、その問屋さんから代金か何かのことでクレームが付いたのである。

北海道は遠い。そこには注文以上の炭を送っていた。それを引き取って元に戻せば在庫不足の一時しのぎが出来る。〝名案〟が浮かんで私はまた単身、北海道に飛んだ。倉庫に行き、炭を取り出してコンテナに積み替え、奈良にある倉庫まで運び戻した。この炭をお得意さんに届け、インドネシアからの炭が届くまでの間をしのいだ。変な話ではあるが、クレームが幸いしたのである。

在庫不足の方は後述しますが、インドネシアの企業担当大臣に直訴した結果、現地工場から再び炭を円滑に運び出すことが出来て、危機一髪で大事に至らずに済んだ。

失敗もあった。ステーキの大きなチェーン店。調理の担当者とは話がまとまった。いざ納入となったら、経営サイドから反対が出た。結局、納入することが出来なかったのである。相手のチェーン店もそれが原因かは分からないが、まもなく倒産した。

台湾に近い、沖縄の石垣島とも取引しようとしたときがある。地元のステーキ店からの申し出で炭の需要もあったが、インドネシアの製材工場から出る「おがくず」そのものも欲しいというのだ。この店は大牧場も持っていて肉牛を飼育している。霜降り肉の牛を育てるため、牛をものすごく太らせていた。その牛が横たわったときに体が傷つかないようにと、おがくずで〝ふわふわベッド〟を作りたいというのだ。船一艘（そう）分のおがくずということであったが、採算が合わず、これは話だけに終わった。余談ですが、記しておきました。

とにかく私は死にものぐるいで走り回った。流通のこと、輸送のこと、貿易のこと、金融・税務関係のこと、銀行との交渉のことなど、自分で調べたり聞き回ったりして勉強した。引き継いで5年ぐらい経ったろうか、ようやく灯りが見えてきた。

折から起きた「焼き肉ブーム」が幸いした。チェーン店がどんどん出来て、需要が拡大し「太陽炭」がどんどん売れ出したのである。私は出来るだけ経費を切り詰

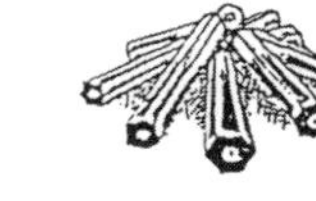

め、わずかでも収益金があれば借金の返済に回した。

＊　＊

博光の会社を継ぐとき、銀行側はいぶかしがっていた。そんな借金のある会社をなぜ継ぐのか、隠し資産がインドネシアにあるのかと。そのうえ銀行側は「借金があるのなら会社をつぶしなさい」と言ってきた。弁護士さえもそれを勧めた。しかし「返済第一」の私の姿勢が銀行側にもだんだんと分かってきた。5年も経つと「（満千子は）普通でない女や」と思うようになっていた。

担保に入っている会社、自宅などの不動産の返済にも手こずった。バブル経済が終焉（しゅうえん）に向かっていて、地価がどんどん下がるばかり。銀行はおいそれと担保を抜いてくれない。何にもせずに放ったらかしにされた。そしてやっとのことで貯めた現金を積んで担保を抜こうとすると、抜き賃を要求された。

要求に従って一つひとつ抜いていく。担保物件は5つぐらいあったろうか。最後の自宅の担保を抜くときは、6000万円近くの現金を用意した。「やっと、これだけのお金を自分で稼ぎ出すことが出来た」。現金を銀行のデスクに積んだとき、私は泣けて泣けてしょうがなかったのである。

「私が途中で倒れたら、住む家が無くなってしまう。橋の下にでも住まねばならない」と、そこまで私は思い詰めていたからだ。「これでやっと自分の家が持てた」「それを女の細腕で稼ぎ出せた」。そう思うと、涙が出て来るのを止められなかったのだ。２人の息子は大手企業の駐在員となってアメリカにいた。仕方が無い。全部1人で弁護士さんと相談しながら、銀行と喧嘩しながらやってきたのである。

そうした借金のほかに個人保証があった。会社引き継ぎに当たって私は細かいことがわからないまま、いろんな書類に判を押していた。相手は大手銀行ばかり。金融の知識を全く持たないまま、出されてきた書類に引き継ぎの印を押していった。その中に個人保証の物件があったのである。

それについては銀行側から「自己破産」を勧められた。「今頃は自己破産は誰でもする」とまで言って勧めてきた。私は猛反発した。「そうすれば私だけでなく孫、子の汚名になる。借金は私が死ぬまで持っていく」。どんなに言われても自己破産はしたくなかった。

そんなこともあって博光が創業し、私が跡を継いだ「サンホワイト　トレーディング」とは別に、1995年（平成7年）、国内専門の太陽炭販売会社「サンホワイト太陽炭株式会社」を設立した。こちらは「トレーディング」の方とは全く関係のない別会社だから、息子にも安心して引き渡せるのだ。そして私は2001年（平成13年）4月、長男・慶太に社長業を引き継いだ。私は会長となり、その後は相談役となった。

会社が苦境にあったとき、多くの銀行に見放された。私の担当者を次々と替えて、前任者との約束を平気で反故（ほご）にした。そんな中にあっても私の会社を助けてくれる地方銀行の幹部がいた。お金の支払いや輸入業務のことなどで、実務や相談に応じてくれた。

その人が定年になったとき、私の会社に入ってくれないかとお誘いをした。「定年後は好きなこと、古代史の研究をする」とその人は応じてくれなかったが、私が長期出張で不在のときは会社に来てくれた。銀行印をその方に預け、金銭関係の業務を安心して任せることが出来た。

女性だからといって私をなめてかかる人、言をどんどん変えても平気で不実な人などなど、信用できない輩（やから）がいっぱいいいたが、誠実に業務を助けてくれる人も大勢いたのである。私はそんな人の支えで仕事を続けていくことが出来た。これも神様のお陰かなと思う、今日この頃である。

会社事務所の玄関＝奈良市内で

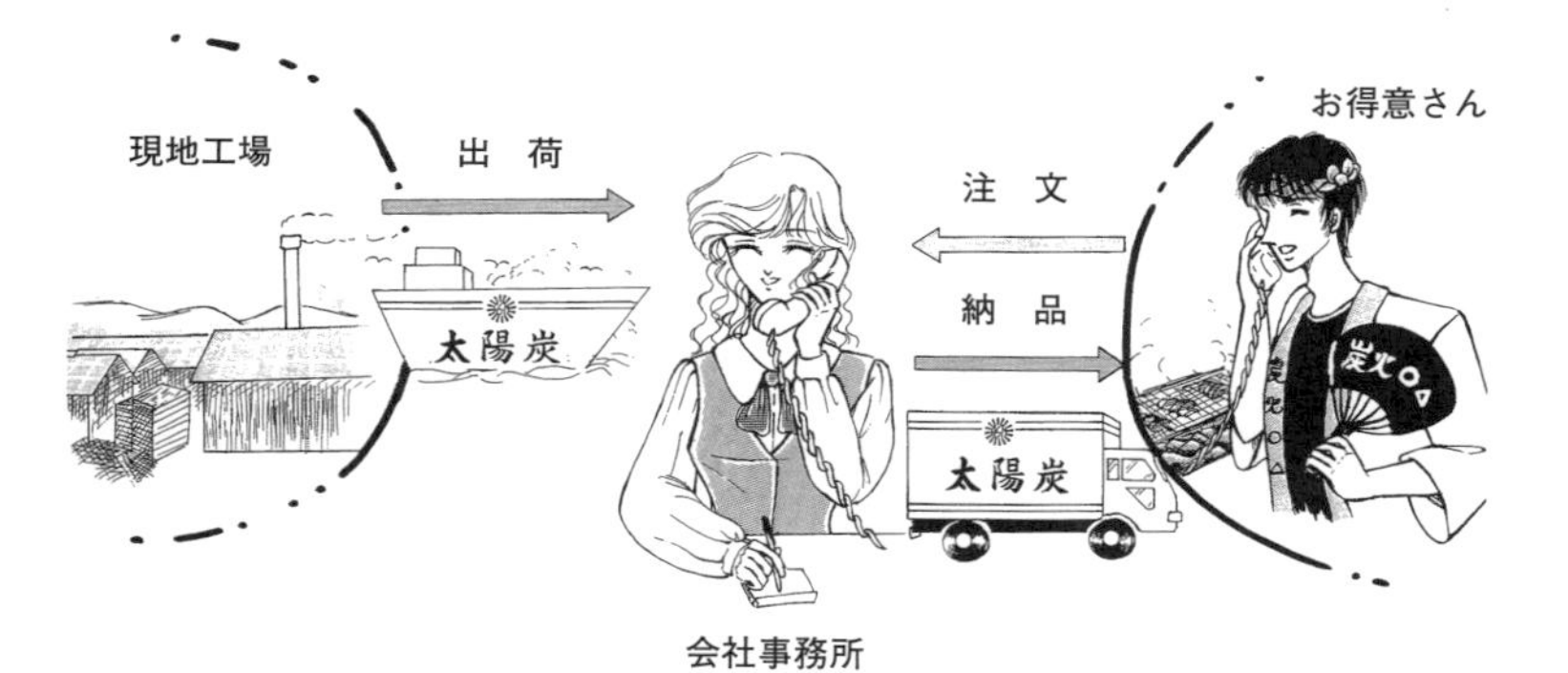

炭の流れ

「太陽炭」への想い

「ガスボンベの火は逃げる火」
「炭は手をかざして人が集まってくる火」
「ミルクも沸かせる優しい火」

１９９５年（平成7年）1月17日午前5時46分、巨大地震が発生し、阪神地方を中心に大きな被害が出た＝阪神淡路大震災。

消防庁の統計によると、この地震による被害は、死者６４３４人、負傷者４万３７９２人、住家全壊10万４９０６棟、同半壊14万４２７４棟、全半焼７１３２棟にのぼった。

ガス供給の停止は約86万戸（ピーク時）。この地震でライフラインと呼ばれるガス、電気、水道、電話などが壊滅した。電気はほとんどの地域で、３日から1週間程度で復旧が可能だったが、地下に埋まっている水道・

ガスの復旧には長期間を要した。

極寒の頃に起きた地震だ。こんな時に炭があれば暖が取れ、煮炊きも出来るという声が伝わってきた。営業の宣伝文句が言っている通り、炭火で暖は取れるし、煮炊きは出来る。当然ミルクも沸かせる。寒い折だ。温かい火があれば人は自然と集まってくる。

ここで行動しなかったら〝炭屋〟の名折れだ。倉庫にある「太陽炭」すべてをただで供給してもよいと、余震や混乱が続く中、申し出た。「木炭をトラックいっぱいに積んで差し入れしたい」と。警察署や消防署、市役所に電話したが、売名行為と受け取られ、どの役所も受け付けてくれない。

懲りずにアタックを続けた。生協で販売すれば市民の手に渡るかもと、やっと連絡が取れて担当者と電話で話す。「今はカセットコンロとガスボンベがどんどん供給されているから、いらん」と担当者。私は叫んだ。「ボンベが大量の廃棄物になってしまう。そんな危険な廃棄物をすべて税金で処理することになる」。担当者は「火鉢もない。どうやって炭をおこすんだ」。

私は「植木鉢でも鍋でもいい。底に土を入れ、その上に炭を乗せて火を点ければいいだけ。煮炊きした後、燃え残っている炭があれば、水に浸していったん火を消し、乾かせばまた使える。燃えかすの灰はどこにでも捨てられて安全。植木の根っこにでも捨てれば肥料にもなる。廃棄処分費はゼロである」と叫んだが、今の若い人たちは炭の使用方法は知らず、「いらん」と言って電話を切ってしまった。

あの震災から半年近く、神戸や宝塚など被災地では使用済みボンベの山。この問題はマスコミも採り上げず、徹底的な追及が未だに無いのが悲しい。

日本中の市町村に災害備蓄用にぜひ炭を積んでおいてほしい。品質は何年置いても変わらない。日本中の家庭の押し入れに「太陽炭」があれば、ふだんは消毒用、湿気取り用などとして利用できる。冷蔵庫に入れ

れば消臭剤にもなる。置き場所を取らず邪魔にはならない。ガスが止まったりしたら、すぐに役に立つのである。

昔から炭は燃料としてだけではなく、土壌改良、川の水質浄化、清酒や油のろ過などなどにも使われてきた。戦争中や戦後の一時期まで、家庭では炭が主役だった。ガソリン代用の木炭バスが走っていた時代もあった。

現在、たくさんの炭が出回っているが、古材を砕いたおがくずを材料に、生産時の燃焼温度が低いものも売られている。箱の横に「屋外使用」と印刷されてはいるが、こんな炭を屋内で使うと、一酸化炭素中毒の心配がある。

「太陽炭」は製材工場で出来たばかりのおがくず百％を使い、１２００度の高熱で蒸し焼きにする。化学製剤を全く使用していない。換気に注意すれば安全・安心の炭。プロの調理人さんにその良さを認識されて使われている。燃えたときも太陽と同じ光の美しい色で輝き、灰は真っ白となる。我が夫・博光が命をかけて上質の炭を作り出したのである。

残念ながら大震災の被災地では、私の訴えを聞いてもらえなかった。

悔しい。人間の知恵の無さ、無知に泣いた。

「太陽炭」のケース

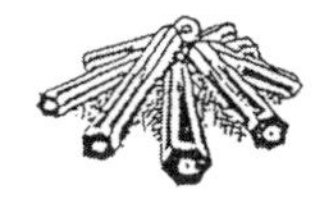

「阪神淡路大震災」では神戸から 30 キロ以上
離れた池田市などでもかなりの被害が出た。

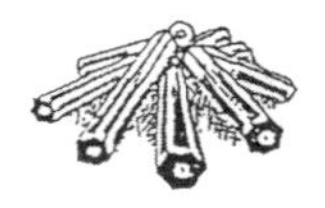

「あっぱれ！」博光に感謝状

インドネシア・マルク諸島のアンボン島で起きたイスラム教徒とキリスト教徒の衝突＝１９９９年（平成11年）１月＝は、周辺の島々にも拡大した。アンボン島のすぐ北側、セラム島にも衝突は広がる。セラム島には「太陽炭」の第１工場がある。製品を運び出す船が島に近寄れなくなった。スラウェシ島のウジュンパンダンや他の島にある、うちの製炭工場からの出荷もスムーズに進まない。日本はもとより韓国への炭の供給が止まって、在庫が空っぽになっていた。

紛争は２０００年（平成12年）になっても収まらない。主力の商品が届かないので、在庫不足で会社は危機に陥っていた。一方、インドネシア政府は１９９９年辺りから日本からの投資、企業を呼び寄せようと、政府あげてミッションを日本に送り込み、大々的にデモンストレーションをしていた。

私は大阪商工会議所で開かれたインドネシアへの投資・企業誘致の会合に出席した。インドネシアからはラクサマナ・スカルディ投資・国営企業開発担当大臣が出席されていた。

質疑応答で私は「ハイッ」と手を挙げ、夫の博光が辛苦の末に製炭工場をつくった、そのために命を亡くしたなどなど、我が社の歴史を述べ、そうして作った炭が日本に届かない窮状を大臣に訴えた。

同時通訳でマイクを握った大臣が「そんな大変なことがあったとは知らなかった。ご主人の冥福をまず一番、お祈りします」と話され、「どんなことをしてもあなたを助けます」と私を励ましてくれた。私は「(主人への)感謝状が欲しい」と訴えて、その会合は終わった。

その後、大臣から第一秘書へ「軍艦を出してでも太陽炭をアンボンから運び出す」とのお言葉が伝えられた。

翌日から大阪のインドネシア総領事館にいる総領事ほか何人かが、当時は大阪・船場にあった私の会社事務所に来て、インドネシアの他の島にある工場から、太陽炭を積み出せという命令を出してくれた。毎日、私の事務所までやって来て、現地のトップが震え上がるほどの大声を挙げ、細々と指示を出していた。
お陰で日本向けの太陽炭積み出しが再開され、危機一髪のところで炭の供給が滞りなく進むことになった。

「夫への感謝状がほしい」という私の願いも聞き入れられた。２０００年（平成12年）年3月初め、首都のジャカルタで感謝状の授賞式が開かれたのである。私の夫・博光が、インドネシアで捨てられる運命にあるおがくずの活用に取り組み、言語や慣習の違う人々と寝食をともにして、有用な燃料に変える技術の開発に貢献した、地場産業、人材の育成をしたなどなどの事蹟が認められたのだ。それらは博光が15年の歳月をかけ、苦心惨憺（さんたん）の末に築きあげたものだ。それをインドネシア政府は分かってくれたのだ。

授賞式には私は着物姿で出席した。感謝状は官邸でラクサマナ・スカルディ大臣から直接受け取った。「よくぞここまで、会社ともども生きてこられた。もう死んでもいい。すべては神様のお陰です」。私は泣けて泣けて仕方がなかった。

大臣の第1秘書が私に言った。「この感謝状は世界でただ1人、あなたに差し上げたものです。政府から感謝状として出すのはこれが初めてで、恐らくこの後にもないでしょう」。そして「この国へ来たら、この感謝状のコピーと、さきほど大臣と一緒に写した写真を身につけていて下さい。困ったとき、危険なとき、これを見せてSOSを言って下されば、どこからでもあなたを助け出します」。

大阪に戻ると、大阪のインドネシア総領事館で、日本語による2回目の授賞式があった。

先の戦争で日本はインドネシアに駐留した。支配した。そのことを恨まれても仕方がない。そんな国から戦後、そしてスハルト大統領退陣後の、新しく生まれ変わった政府から、日本人の博光に外国人としては初めての「感謝状」を出していただいたのである。

「あっぱれ、博光！」。よくぞここまでやってきた。日本政府の援助もなく、孤軍奮闘の末、全財産と命をつぎ込み、多くの雇用を産み出すグリーン産業を、この国

に創出させたのでる。

第1工場を完成させたセラム島でも、私は博光の凄さを知ったが、改めて、まじまじと、戦争で多くの犠牲者を出したこの地で、お金儲けをしなかった夫・博光の生きざまは正しいと確信した。

私は博光の伊藤忠時代の恐れ多い監査役の大先輩・網野皓偉（てるひで）氏に感謝状のコピーを送った。入院中の網野氏から電話が入り「奥さん、よくやった、でかした！」と大喜びしてくれた。「私はたくさんの部下を育てたが、白崎が一番じゃ」。

網野氏は、私以上に感謝状の値打ちを知ってくれていたのだ。それから少しして、網野氏も昇天なさった。

感謝状をいただいた答礼にと私は、東京のインドネシア大使館からアブドゥル・イルサン大使を、香川県東かがわ市の我が家へお招きした。２００４年（平成16年）4月初旬のことである。後述しますように、東かがわ市は祖父母、父母の生地で、私も18歳で上阪するまではここに住んでいた。父は生地に宅地を残してくれていて、私はここに家を建て、奈良との間を往復して暮らしていた。

大使は奥様もご一緒で、警備の方とともに新幹線で「新神戸」駅に着かれた。私と代わって社長になっていた長男・慶太が出迎え、彼の運転する車で神戸淡路鳴門自動車道を走り、私の住む東かがわ市まで来て下さった。大都会の東京と比べ、ここは田舎も田舎。車がやっと入れる道を通って一国を代表する大使が我が家に来られたのである。

大使は大学の頃から日本の歴史を勉強していて、我が家に来られてから2、3年後に『インドネシア外交官から見た日本』という本を出版している。戦前、戦中の日本の歴史から、現在に至るまでを詳述している。そんな方が非公式訪問とはいえ、国際的なルールを全く知らない私の求めに快く応じて下さったのだ。大使夫妻の度量に今も感謝している。

「本当の日本は東京じゃなくて、このような田舎にあります」と、私は庭に1本あるしだれ桜の下で、手料理でおもてなしをした。慶太や日本インドネシア協会の木下一会長、そして我が家にいたインドネシアからの留学生らが同席し、総勢10人ほど。楽しい夕餉（ゆうげ）となった。一行は香川県の隣、徳島県鳴門市のホテルにお泊まりになった。

翌日は高松空港からお帰りになる。大使が来るというので、空港は自動的に警戒態勢になっていた。そんなことになるとまでは、私は全く考えていず、簡単に我が家に来ていただけるものとばかり思い込んで、お招きしていたのだ。

海外に住む私の妹から後に言われた「一国を代表する大使をお迎えするということは、天皇陛下をお迎えすることと同じなのよ」。お隣の人たちが言っていた。「あなたの家の上空をヘリコプターが2機、旋回していました」

東京に無事戻られたの連絡が入り、息子共々、肩の荷を降ろしてへたり込むほど安心した。我が家にその国を代表する「ＶＩＰ」をお迎えしていたのだ。その重大性がはっきりと分かり、私たちは膝ががくがくするほど身が震えていた。無事到着の連絡が入ってやっとホッとしたのである。公賓（こうひん）をお迎えすることは、これほど安全に留意することになるのか、私は初めて知った。

讃岐の我が家に大使が来られたとき、私は大使に「ご趣味は何ですか」と尋ねた。

大使は「油絵です」と答えられた。そこで私は「小さい絵でも記念に絵を描いていただけないでしょうか」とお願いをした。何にも知らないから発した言葉で、これもぶしつけだった。

その絵が出来上がったからとの連絡があり、すぐに私は慶太と上京した。大使一行をお招きしたと同じ年の真夏、日差しの厳しい頃であった。絵は水彩で描いた桜の木であった。「日本では水彩で描くことが多いと聞いています。そこで私も水彩にしました」とおっしゃった。大使はこんな小さな約束をも大切に守って下さったのだ。

その後、東京で開かれた園遊会にも招かれた。千坪ほどあるかと思われる大使公邸の庭でのパーティー。大使はここから身の危険も顧みず、讃岐の我が家にまで来られたのだ。そう思うと改めて感謝・感激の念がわき起こった。

感謝状と絵は我が社の宝となっている。

◇　◇　◇

【感謝状全文】

故・白崎博光殿　サンホワイト　トレーディング株式会社

インドネシア共和国投資・国営企業担当大臣は1978年より我が国の木炭産業の開発にご貢献を賜りました故・白崎博光氏に対し、ここに謝意を表します。

この分野の開拓者として故人は環境資源材である大鋸屑や木片を再利用し、高品質の木炭製造技術を開発されました。

投資を通じ、木炭産業技術の開発と人材育成に情熱を捧げられ、我が国に新しい雇用の場と地場産業を創出されました。

またインドネシアの木炭産業の国際基準への発展に尽力されましたことに心より敬意を表します。

そしてインドネシアの産業界は白崎博光氏のご逝去に深い悲しみを感じております。

ここに謹んで哀悼の意を表します。併せてご家族のお幸せをお祈り申し上げます。

2000年3月7日

インドネシア共和国　投資・国営企業開発担当

大臣　ラクサマナ・スカルディ

東かがわ市の著者自宅で大使ご夫妻をおもてなし。
(正面がアブドゥル・イルサン大使、その右が大使夫人。左奥がインドネシア経済協会会長の木下氏)

イルサン大使から、その日の思い出の桜を水彩画でいただきました。

引退、さあ、休めるぞ

私は64歳になった。

急死した夫・博光の事業の継承に奔走しはじめたのは57歳の時だった。それから7年間、東西5000キロ、南北1500キロのインドネシアが私の主舞台となった。そこに4つの製炭工場がある。島から島へ、炎暑の中を女1人、飛び回って仕事をしていた。

韓国へも何度も飛んだ。「太陽炭／21世紀の新備長炭」をキャッチフレーズに販路をもっと広げようと、国内では北は北海道から南は沖縄・石垣島まで駆けずり回っていた。

インドネシアはまた、争乱の島でもあった。1998年（平成10年）5月には、国民の不満が頂点に達し、30年以上続いていたスハルト体制が崩壊した。宗教、民族がらみの紛争も次々と起こり、島民同士の殺戮（さつりく）が絶えない島もあった。

極度の緊張の中、1人で私は働いていた。よくぞここまで生きながらえたものである。そしてとうとう、体力の限界を感じるようになっていた。

家族、周りの人たちに相談した。長男・慶太が三菱レイヨン（現在は三菱ケミカル）にいて海外駐在であったが、その頃は国内の営業所に帰っていた。すぐには辞められなかったが、慶太は事業を継ぐことを決心してくれた。やがて円満退社し、しばらく常務として私と引き継ぎ業務を続け、2001年（平成13年）4月、慶太が3代目の社長に就任した。私の突然の社長就任から7年余経っていた。

＊＊

私は会長となった。社長交代とともに会社事務所を奈良市内に移した。引き継ぎの業務は順調に進んでいく。「事業も順調、さぁ～、これからはゆっくりしたい。のんびり過ごす時間が取れるぞ」。これまでの責任の重みがとれていくと共に、全身の緊張感が緩んでいった。それと同時に、体そのものも緩んできた。社長辞任の翌年、65歳の夏、胃がんの宣告を受けた。しかも、かなりの重症。

その予兆はあったようだ。その年の5月、大阪市内のホテルで友人達と食事した後、激しく嘔吐(おうと)した。私も博光同様で医者嫌い。健診など受けたことが無かった。しかし友人が医者に行って検査しなさいと勧める。その翌日、慶太の友人の医院に行った。そして大病院での受診を強く言われ、受けた結果が「胃がん」の宣告だった。しかも、「ステージ5」で余命1年。

思えば壮烈な日々を過ごしてきた。料理しながらもファクスのやり取りをしていた。未開のジャングルへも突入していく。仕事のことを何も知らないものだから、騙(だま)されたり、舐(な)められたりした。毎年のようにある大きなトラブル。その後にはほとんど必ず円形脱毛症になった。私は気づかなかったが、ストレスが胃にきて当然の日々を送っていたのである。

入院・即手術。私は主治医にすべてを預け、胃を全部摘出した。生死は神様に託した。これでやっと仕事のことに煩(わずら)わされずに寝ていられる、そう思ったことも確かである。

「白崎さん、大変な手術でしたよ。がんは胃の壁を突き抜けていたので、背骨の近くの肉を全部えぐり出しました」。麻酔でぼうっとしながらも、先生がそうおっしゃっていたのを覚えている。

入院生活は2ヵ月。当初は水一滴も飲めなかった。ひどい痛みと闘った。最初の5年間は食事がまともに摂れなかった。「こんなに苦しいことがあるのか」と、初めて健康であることの大事さを痛感した。完全平癒と診断されたのは10年後、私は重篤の胃がんから奇跡的に生還した。

胃がん手術から1年半後には、ヘルペス（帯状疱疹）にも襲われた。目の下にそれが出て猛烈な痛みに苦しんだ。入院も余儀なくされた。いまだに痛みが出ることがある。体が疲れたときだ。そんなときは「のんびり休みなさ～い」と、私に警告を出してくれる〝バロメーター〟だと思って付き合っている。

引退したからすべて万々歳、束縛されず自由に、いろいろと心配せず、したいままに過ごせることを期待したが、時々の病気がそれを妨げる。でも「生きているからこそ病気にかかるのだ」「死んだら病気にはならない」と、前向きにとらえて、今をエンジョイしている。

そんな私の姿をずうっと見守ってくれていたのが愛犬「ラック」であった。胃がんで入院することになる1ヵ月ほど前、病気にかかるとは夢にも思っていず、ペットショップに立ち寄った。そのときに目が合ったのがラック。小型犬のポメラニアンだった。すぐに連れて帰り「グッドラック（幸運を祈ります、うまくいきますように！）」から「ラック」と名付けた。

胃がん手術からの退院後、まだふらふらする体でラックを散歩に連れていった。私の部屋は3階にあった。階段を上り下りしラックと一緒に歩く。これがよかった。手術の後で腸が癒着（ゆちゃく）する場合がよくある。毎日ラックと体を動かすことで、腸の癒着を防げたのだ。

トイレにもよく一緒に行った。ラックは私の側に来て座り、不安そうに私の顔を見上げる。「ラックちゃん、ママは大丈夫だよ」と言うまでそこにいた。トイレで嘔吐（おうと）などで苦しんでいる私の姿なんて、誰にも見せられませんよね。でも、ラックは心配して付いて来てくれた。17年間、一緒に過ごして2017年（平成29年）春、ラックは亡くなった。ラックは自分の体が弱って足が不自由になっても、私を見に来てくれた。

すばらしい相棒だった。今も思い出しては泣いている。

夫・博光の突然の死去から100日後、私は博光の葬儀をしていただいた奈良の教会で洗礼を受けた。受洗名は「満千子・ハンナ」。私に英語を教えてくれたフロイデス先生も、長野から駆けつけて下さった。

博光の1年の法要「記念会」は、アメリカ・ニューヨーク5番街、世界的に有名な宝飾品店「ティファニー」横の教会で開いた。滞米中の息子たちが集まり、まだ幼い孫も交えて全員8人で礼拝、祈りを捧げた。以後、イブにはどこにいても博光のことを思い、祈りを捧げる。毎週のようには教会に行けないが、時間があるときは出かけて、牧師先生のお話を聞く。枕元にはいつも『聖書』を置いている。

迷ったとき、困ったとき、気がくじけそうになったとき、私は『聖書』を開く。そこには必ず何らかの指針が示されている。これまでの道のりでも、奇跡としか思えないようなことが次々とあった。人と人とのつながりの中、今日も生かされていると感謝の日々。それは神様の賜であると信じて生きている。

思い出のラックと

日本インドネシア経済協会
木下　一会長に聞く

日本インドネシア経済協会（ＪＩＢＡ）は１９９８年（平成10年）５月に発足しました。最初は協会名の後に「関西」が付いていましたが、広島、名古屋などからも加盟する団体があって、２０１１年（平成23年）1月に今の名称に改め、その後一般社団法人となりました。

設立の目的は、日本とインドネシア両国の経済協力を中心に、投資、貿易、観光、文化を含む幅広い分野での友好親善関係の促進と、そのさらなる発展です。インドネシアへの進出企業を中心に、金融、貿易、建設、機械、電機、繊維、農林水産、食品など幅広い分野の法人会員、インドネシアに関心を持つ個人会員がメンバーです。現在は48の団体と13人の個人が加入しています。

セミナーや講演会を開催、現地へのミッションの派遣、インドネシアからの経済・文化ミッションが来た時の受け入れとイベントなどを開いています。同国との国交樹立60周年の２０１８年（平成30年）９月初めには、大阪・難波に近い湊町リバープレイスで２日間にわたり、インド

ネシア総領事館と共催で「インドネシア・日本まつり」を開きました。「まつり」では33の企業、団体からブース・屋台を出していただきました。インドネシア特産のコーヒーや地元の名物料理、衣装、織物などが並び、バリ島などの観光地紹介などがありました。舞台ではインドネシア音楽の演奏や、舞踊、和太鼓の披露などがおこなわれました。日本在住のインドネシア人のみならず、日本人の方も大勢来ていただいて、大盛況で終了しました。

石油、天然ガスなどの資源輸出で知られるインドネシアは、広大な熱帯雨林を抱える国でもあります。従って木材産業も基幹産業の1つです。当初は丸太のまま輸出していましたが、製材、合板にして輸出するようにと変わってきました。付加価値を付け、より効率的、より利益を増やして売るためです。伐採を終えた後には植林をするなど、その維持にも心がけています。

製材の後、現地に残るのが膨大な量のおがくずです。その処理に目を付けたのが、「太陽炭」の先々代社長・白崎博光さん。おがくずを元に良質の炭を作る、それを韓国や日本に持っていくという発想です。

通常、インドネシアに進出して合弁会社などをつくるのは大手の会社が多いのです。ところが博光さんの会社は個人企業といってもいいような会社。そんな会社が徒手空拳でこの事業に乗り出していったのです。苦心・苦労の末、おがくずを木炭にする機械設備を編み出し、木炭を輸出するまでにいたったのです。

旦那さんの急死で跡を継ぎ二代目社長になったのが、奥様の満千子(みちこ)さん。何回かお目にかかりましたが、普通のおばさんじゃないですね。〝肝っ玉かあさん〟のイメージでした。「夫が一生懸命、会社を作った。インドネシアのために作った会社なのに、そのインドネシアが応援に動いてくれない、外資企業に対する法律はどうなってるんでしょうか」などと当協会に相談にきました。私たちも応援することになって、大使館や総領事館に彼女をお連れしました。

物怖じせずに意見を言う。会議でも「ハイ！」と手を挙げて、堂々と思うところを述べていました。すごい行動力と勇気をお持ちでした。
元々は老舗（しにせ）の手袋製造販売業の「お嬢さん」、結婚してからも家にいて主婦暮らし、会社経営の素人さんと言ってもいいような人。それが旦那さんの残した事業を守るため、必死になって奔走していた。日本女性にもこんなやり手がいたのかと驚きでした。

大手の商社だったりしたら、1人が亡くなっても、別の人が受け継いでいけたんでしょうがね。「太陽炭」づくりは旦那さんがほぼ1人で築き始めた事業だった。そのままだったら旦那さんが苦心して築き上げたノウハウ、利権が奪われる、侵害されることになっていたでしょうね。それで奥様の超人的な奮闘が始まったのです。

今は長男の慶太さんが三代目社長になっています。当協会の理事にもなっていただいています。若い世代の知性と馬力に大いに期待をかけて

いるところです。

＝２０１８年（平成30年）９月

木下（きのした）　一（はじめ）　１９３６年（昭和11年）生まれ。
１９６１年（昭和36年）、松下電器（現パナソニック社）に入社。同社シンガポール駐在などを経て、１９７８年（昭和53年）から、インドネシアとの合弁会社で社長などを歴任。日本インドネシア協会設立後、二代目の会長に。

大賑わいの「インドネシア・日本まつり」。舞台では、インドネシア音楽などが披露された＝大阪・湊町で

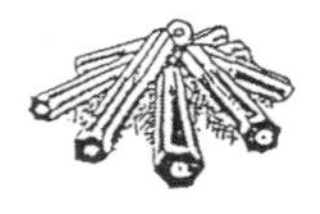

讃岐の海に育まれ……

私が生まれたのは１９３６年（昭和11年）10月。その年に青年将校らが決起した二・二六事件があり、戦時体制が次第に強くなっていく頃でした。最後に「私の昭和時代」を綴ります。

✿

✿

生まれ故郷は香川県大川郡大内町三本松北町（現・東かがわ市）。瀬戸内海が幅をぐっと広げたところで、北約20キロには小豆島が横たわっている。私は毎日、讃岐の海を眺め、海に浸り、海の恵みをいっぱいに受けて育った。

私の父・幸一はここで妻・久子とともに、手袋工場を経営していた。祖父・内海（うつみ）梅吉が、１９０７年（明治40年）に立ち上げた工場で、長男の幸一は二代目である。農業、漁業が主産業のこの地に手袋製造業が根付き、地場産業として世界へと進出、今も全国シェアは90％を占めている。

1941年（昭和16年）、私が5歳の頃だったと思う。両親は販路を広げるため郷里に工場を残し、大阪市の上福島へと出ていった。

子どもは私を入れて男児1人と女児3人。その一番上が私だった。一番下の子どもはまだ生まれていなかったと思うが、上阪する際、私1人だけが郷里・三本松に残った。祖父母が「満千子はあまり手がかからない。後から連れて行けばいい。まず手のかかる下の子どもを連れていくように」とアドバイスしたからだ。だから私は一時期、大阪の小学校に通ったことはあるものの、両親から離れてずーっと祖母・サダの手元で育った。それは戦争が終わって10年近くの18歳まで続いた。

サダは3男2女を明治、大正、昭和の時代に育て上げた。戦争中のサダは、男の子を次々と戦地に送り出した。反対に疎開で帰ってくる家族、親族を受け入れた。我が家には母屋、工場、離れ家、倉庫があって、工場の2階にも人が住め、4家族28人がいつも暮らしていた。

食べる物が少ない時代に、どれほど大変なことだったか。それをサダは一家の中心として束ねていた。この時期の平均的な女性像と言える人だった。戦時中の暮らしを守り、そして生き延び、子ども達を守ったのである。そんな祖母に育てられた。

それが私の運命を決めたみたいである。

地元の三本松小学校に入って、2年生の頃だった。祖父・梅吉が入院した。サダは付き添いをするため病院へ行くことになる。私を1人にすることは出来ない。その結果、都会から田舎へ疎開する時代に逆行して、私は大阪の父母のところに帰ることになった。大阪の福島国民小学校に転入となる。

それからは毎日、学校でいじめられた。「大阪弁がしゃべれない」「モタモタしている田舎者」とからかわれた。持ち物が盗まれ、取り上げられた。男の子も女の子もイケズで根性が悪い。大阪の子どもらは何て意地悪なんだろうと、私はよく泣いていた。

早くから大阪に来ている妹や弟は、大阪弁がぺらぺらである。友達が近所にたくさんいた。それに反して私は、いつもひとりぼっちだった。「三本松に帰りたい」。そればっかり思っていたが、祖父の病気が心配で我慢して、母には言えなかった。

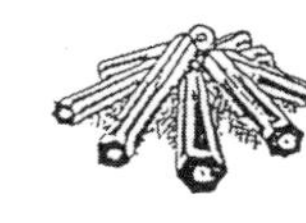

そうこうするうちに学童の集団疎開が始まった。大阪からかなり離れた山の中（広島県福山方面だったらしい）のお寺に疎開したようだ。やさしくてきれいなお姉さん達がお世話をしてくれて嬉しかった。ノミ、シラミ、ナンキンムシに攻められ、お腹を空かせて暮らしたが、それは当時の学童たちが等しく背負う苦しみだった。そんなことよりも、いじめに合うのが一番つらかった。お寺では、そのいじめが無くなりかけていた。気持ちが楽になった。

夜になると、お寺の外は真っ暗闇。カエルの大合唱に虫の声がかまびすしい。動物の遠吠えも交じる。すると子どもたちは皆一斉に「おか～さ～ん、家に帰りた～い」と泣きだして、大合唱になるのである。男子の悪ガキどもも、み～んな震え上がってしまうのだ。昼間の意地悪な姿とはうって変わって、何ともあかんたれの姿が剥（む）き出しになるのだ。

ところが、田舎育ちの私は、夜が暗いのは当たり前、虫の声、カエルの声がやかましいのはへっちゃらだ。両親と離れて暮らすのもへっちゃらである。な～んだ、都会の子は家から離れると、こんなにも〝あかんたれ〟になるのか、弱虫どもめ！

その時、そう思ったことは今も忘れない。

泣き虫・内気は昔からだったが、ここでいじめられて、さらに泣き虫・内気になっていた私が、初めてちょっぴり持った〝優越感〟だった。

大阪はじめ、各地の空襲はますます激しくなった。大阪で暮らす父母たち、そして私も、より安全な郷里・三本松へ引き上げることになった。帰るとすぐに通っていた小学校へ走って行った。すると向こうから、仲良しのヤエちゃんたちが「みっちゃん、帰ってきたん？」と駆け寄って来るではないか。私は嬉しくて嬉しくて「もう2度と大阪の学校へはいかん」と決意した。

※　※

ラジオの前、天皇陛下の「忍びがたきを忍び……」を、大人たちが正座して聞いていた。雑音で聞き取りにくいお言葉を、泣きながら聞いていた。1945年（昭和20年）8月15日、戦争は終わった。セミの声がけたたましく、炎暑の日だった。

それからはすべてが変わった。まず、電球を覆っていた黒い布が外された。爆撃の目標になると、光が外に漏れ出るのを布で防いでいたのである。フィラメント線から直接出るまぶしい光を、私たちはいつまでも眺めていた。

家中のガラス戸は空襲の爆風を受けて砕け散るのを防ぐため、細長い紙でペケ模様に貼ってあった。母屋、工場、離れ家、廊下などと、ガラス戸枠はいっぱいあった。これをはがして元のようにするのは子どもの仕事。毎日毎日、ガラス戸枠を外しては海岸に運び、海水に浸してぶよぶよにし、紙を取り外していった。

弟や近所の男の子は朝4時頃に起きて浜に行き、地引き網を引く手伝いをしていた。その日の漁獲により、バケツに子魚を入れてくれるのである。男の子たちは、家計の足しになると自慢気だった。みんないつも裸足で走り回っていた。

祖母のサダは、紙幣の隅に貼ってある小さな薄い切手のような紙（証紙）がはがれかけていると、ご飯粒を練って糊にし貼り直していた。「預金封鎖」や「新円」発行といった、急激なインフレ対策が行われたことに伴って、世間に生じた現象の1つだったとは、その当時の私は全く知らなかった。

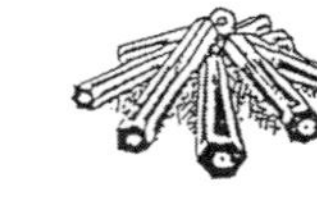

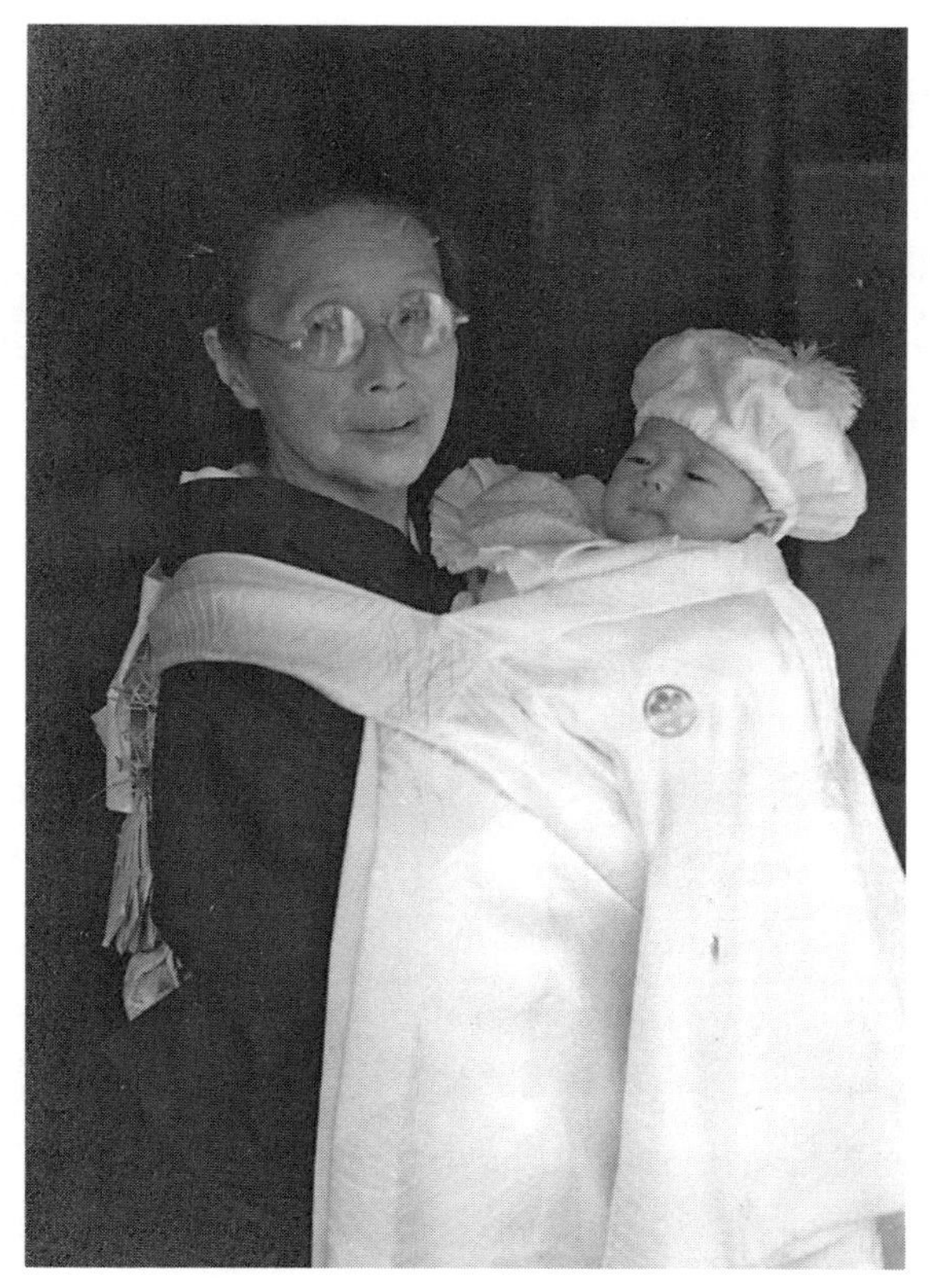

私を育ててくれた祖母の内海サダさん。
従兄の康ちゃんの宮参り。(1950 年頃)

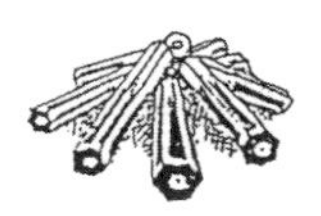

1955年（昭和30年）頃の三本松小学校。明治時代初め（1870年代後半）設立されたが、2019年3月末で大内小学校に再編される。学校の写真は東かがわ市教育委員会ホームページから

生家は今も残っている。当時はこの裏側に工場があったが、今は更地になっている

戦時中の暮らし

戦時中は手袋の製造は休業となった。たくさんの人が出入りしていた工場はガラーンとしていて、私や近所の子どもたちが、出たり入ったりするだけとなった。人気のない工場で、よくかくれんぼをして遊んでいたことを思い出す。

父・幸一は2度ほど戦地に行った。肩の骨が関節から外れるケガを負い、帰ってきて国内の飛行機工場で働いていた。肩の関節が時々、外れる時がある。すると父は神経を麻痺(まひ)させるために、1升瓶の酒を真っ赤になるほどがぶ飲みをし、うーんうーんとうめきながら、ものすごい形相で肩から外れた腕を戻していた。父の様子を垣間見て私は、その恐ろしさに何度も震えていたことを思い出す。

父のすぐ下の弟・義兼叔父さんは、１９３７年（昭和12年）、日中戦争が始った頃から戦地に行って生死不明だった。祖母・サダは、叔父の写真に毎日陰膳（かげぜん）を供えて祈っていた。

そして私に言った。「今に義兼叔父さんが戦争に勝って、ちゃんころ（中国人に対する蔑称、敢えてそのまま使わせていただきます）の首を持って帰るから」。戦時中の空気が、息子の無事な生還と手柄を立ててほしいとの願望が加わって、こんな、むごい言葉を言わせていたのだ。

５歳だった小さな私は、叔父さんが帰ってくるのは嬉しいけれど、そんな恐ろしいものを持って帰ってくるのはいやと、震えながら聞いていた。

義兼叔父さんは終戦して2年の後、生きて三本松に帰ってきた。全身が白癬（しらくも）のような皮膚病にかかり、肌が真っ白と真っ黒のまだら模様になっていた。毎日海辺に出て、ギンラギンの太陽に甲羅干しをして、皮膚病を焼き切っていた。

中国での長い軍隊生活、着の身着のままの生還。その間の親子の心情はどうだっただろうか。10年以上も戦地にいる息子へ、手紙を書きたくても自筆では書けない、サダのような女性は日本にはたくさんいたことだろう。女性に対して「字が書けない」「難しい字は読めない」といった学校教育が当たり前であった時代があった。

よくサダは私に「手紙が書ける人になりなさい」と口癖のように言っていた。戦地にいる息子宛にはがき1枚、いや、1行でもいい。サダはどんなにか自分で手紙を書きたかったことか。今になって痛切に思う。

「特攻隊に志願する」。義兼叔父さんの下の弟・長次郎叔父さんも、たまに学徒徒動員の工場から帰宅すると祖父母に宣言していた。祖父は何とか思いとどまらせようとしていた。

世の中は戦時色一辺倒。絵本も教科書も日本軍兵隊さんの攻撃場面ばかりが載っている。国民は赤紙1枚で召集され、戦地に駆り出され、中国や朝鮮半島、東南アジアの国々に送られた。その地の住民を巻き込み、加害者に仕立て上げられ、そして同時に国民は被害者でもあったのだ。

幼かった私自身は、そんなに悲惨な戦争体験はしていない。国の方針にあらがうことが出来なかった時代は、想像に絶することだったろうと思う。

①

②

③

（上から①②）当時の雑誌と軍の召集令状、いわゆる赤紙。③電灯を布で包み外から見えないようにする灯火管制＝大阪府箕面市での「戦時生活資料展」の展示品から＝2018年夏

勉強よりも映画、読書、習い事……

父母は戦争が終わるとすぐに、商売を続けるため再び私を三本松に残して大阪に戻った。手袋工場の方は、父の弟・義兼叔父さんが受け継ぎ、少しずつだが稼働し始めた。

でも生地が入手出来ない。代わりに軍隊から払い下げの馬の腹帯や、落下傘の古い布などを使っていた。これらは油絵のキャンバスよりももっと分厚く、しかもミシンで頑丈に、何度も縫ってある。それをカミソリで丁寧に、生地を傷めないように切り解いていく。

私も学校から帰ると手伝わされた。これが終わらないと、遊びには出してくれなかった。

中国戦線から10年余を経て生還した義兼叔父さんは、副業にと煎餅（せんべい）を焼いたり、

飴（あめ）を作ったりしていた。炭火をガンガン炊いて、その熱さの中での、汗みどろの作業だった。

その横でお手伝いをしながら、煎餅の切れ端をもらって口に入れるのが嬉しく、私は叔父さんの傍らを離れなかった。私と私の仲良しのヤエちゃんは、お駄賃をもらうため、オブラートで飴を1つひとつ包んでいた。手に水を付けてオブラートをひっつけて、飴を包むのであるが、面倒くさくなってくる。そこで口元に持っていき、つばを付けてオブラートをひっつけていた。

今でもヤエちゃんとその話をするが、そのおしまいはいつもこの言葉になってしまう。「何と不衛生なことであったろう」

学校では先生が急に「デモクラシィー」と言い出した。私たちが小学校の3年生から4年生へと進む頃である。まだまだ幼い。先生が何を言っているのか、私たちはさっぱり分からなかった。言っている先生もきっと、本当のことは分かってはいなかったのではなかろうか。

そんなことは尻目に私たちは年中裸足で、木造校舎の廊下を走り回っていた。校庭の土の感触を直接感じていた。たびたび転んでは肘や腕に擦り傷を作った。目はトラホームの目やにで、朝は目が覚めても目やにがくっついて、目を開けるのが困難だった。私をはじめ、ほとんどの子が栄養失調で痩せていた。

1949年（昭和24年）、中学1年生になった。私はテニスのラケットを買ってもらった。嬉しくて嬉しくて放課後、練習に励んだ。ガタガタのコートで球を打つものだから、球はあちこちに弾む。たびたび草むらに飛んで、それを探すのに時間を費やす。体がだんだん、しんどくなってきた。家に帰ると、ゴロゴロと寝てばかりいた。10キロばかり離れた、現在はさぬき市となっているところにある結核診療所で診てもらった。結果は肋膜炎。悪くすれば、結核になることを覚悟しないといけない病名である。そして当時、結核は死に病であった。

私は絶対安静となり、ラケットは取り上げられた。まだ1学期の初め頃であったが、学校へは行けない。サダの心配は増すばかりだ。お灸をすえてもらい、高価で

内海家は毎年正月家族旅行で祖母サダと共に熱海温泉へ。（左から博子 11 歳、澄浩 8 歳、満千子 14 歳、父 42 歳、母 38 歳、和代 3 歳）＝昭和 25 年 1 月 2 日。

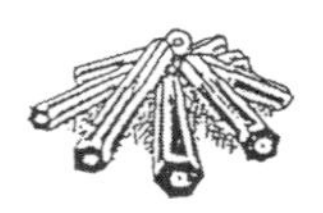

入手困難なペニシリンを大阪から取り寄せ、毎日のように注射してもらった。私だけの特別な、栄養がある食事をいただいた。お陰で快復し始めたのである。

5ヵ月経った。これ以上欠席すると進級できないとなり、学校へ行き始めた。だが、ブランクは大きい。国語、社会は何とかなるが、英語、数学はついていけない。さっぱりである。通知簿の点は悪かった。

サダは通知簿には何ら関心が無かった。通知簿の評価は、それまでの「優」「良」「可」ではなくて、「1」から「5」の五段階になっていた。このことを何度説明してもサダはすぐ忘れ、通知簿を見ようともしなくなった。サダにとっては「1」が一番成績が良くて、「5」は良くないのである。

参観にもやってこなかった。サダいわく「先生の言うことは聞かなくてよろしい。先生にあまり賢い人はいないから。おたい（私）の言うことを聞いていれば間違いない」。年齢的に考えても、校長先生はじめ、学校の先生方は年下ばかり、自分の息子よりも下なのである。

サダは戦前と戦後で価値観が大混乱した中をいつも変わらず、凛として生きてきた。そういう人生を送ってきた人は周りにあまりいない。サダの口癖はこれだけである。「正直で素直であれ。そして誰にでもニコニコと頭を下げなさい」。小柄な婆さんが、すごいことを平気で言っていた。私も当然のように、何の疑いもなく従っていた。「お婆ちゃんの言っていることは絶対に間違いない」と、そう信じさせるものが、お婆ちゃんにはあった。

サダはこうも言っていた。「みっちゃん、人間の一生は食べるだけ。だからおいしいものをしっかり食べると良い。身に付くから。嫌なものは無理して食べることはない」。私はお婆ちゃん子であった。大事に、大事に育てられたのだ。

高校は地元の県立三本松高校に通った。昔は大川中学といって男子校。政治学者で東京帝国大学の総長を務めた南原繁先生が大先輩である。「質実剛健」で知られ、戦後、初めて女子が入学した。男子校と同じ教育である。とにかく、部活動が今の大学以上にあった。私は学校が面白くて面白くて、日曜日になって学校が休みにな

るのが嫌いだった。
戦争中から戦後にかけて、三本松にはいろんな芸事の先生が疎開で移り住んでいた。サダの勧めで早くから、読み書きそろばんのほか、移住されてきたお師匠さんについて、お茶、お花、お琴、日本舞踊、長唄三味線を習い、ほとんど毎日のようにお稽古に通っていた。そのうえ、近くに映画館があったので、3本立て上映の洋画にも夢中になった。

手袋工場には、中学を出たばかりの娘さんが働いている。私とさほど年齢の違わない娘さんが働いているのに、芸事ばかりに通っていては申し訳ないと、時には家にいて音の出ない読書に夢中にであった。

長次郎叔父は産経新聞社に入社、新聞記者で『龍馬がゆく』『国盗り物語』『翔ぶが如く』などの小説で有名な司馬遼太郎さんと机を並べていた。家にある叔父の本棚にはたくさんの蔵書があったので、片っ端から読んだ。昔は本にルビが打ってあったので、難しい本を中学生の頃から読んでいた。

そんなものだから、勉強はさっぱりだめである。だけど私は、今も読書が好きだし、三味線は大阪でも続け佐門会の「杵屋登喜満」の名取をいただいた。私の師匠は杵屋登喜栄で、娘時代に師事した。家は大阪・道頓堀にあった文楽座の隣にあった。キタやミナミの芸伎さんや宝塚音楽学校でも教えていた。口移しで習ったものは体に叩き込まれているので、どんなときにでも思い出すことが出来る。一生の財産になるのである。

これから先の人生、目はかすみ耳は遠くなる。でも私は三味線を膝に置いてバチを持てば、歌舞伎の舞台が目前に浮かび上がる。鼓、笛、唄い方がずらりと並ぶ様が広がる。「勧進帳」「助六」の世界に引き込まれ、指が勝手に動いていく。

三味線に親しみ、洋画をたくさん見たお陰で、外国語を聞く耳が鍛えられた。外国へもどんどん1人で旅をするが、その先々で何を言われたのかが分からなくて、困ったことはない。何とか聞き取ることが出来るのだ。

どうしても分からないときは、絵を描いて対応すると、すべてが了解できるのである。

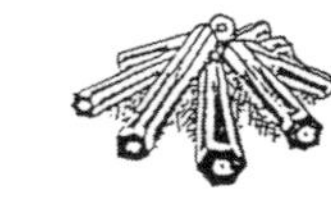

三味線を弾く著者

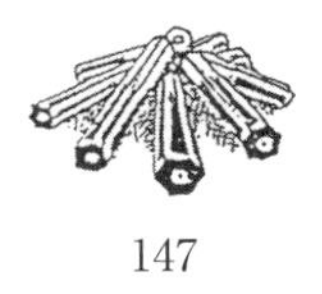

20歳、運転免許を取った！

1954年（昭和29年）春、私は三本松高校を卒業し、ほどなく祖母・サダのもとを離れ、大阪・福島区に住む父母と暮らし始めた。そこから兵庫県芦屋市内にあった田中千代服装学園に入学した。田中千代は日本で最初にファッションショーを開いたデザイナーで、国際的にも活躍していた。

通園は2年間であったが、この間に父の経営する手袋会社に入って、経理の仕事をするようになった。そして、配達に行く会社の車に便乗して、商都・大阪の中心、船場へよく行くようにもなった。船場は戦後の復活を牽引（けんいん）した日本の繊維産業の中心地である。街では自転車、荷車がまだ幅を効かせており、ドタバタと大きな音を立てて走るオート三輪車も目立った。

そんな活気ある船場の姿を見て、私も男だったら実業家になりたいなぁと、思ったりもした。

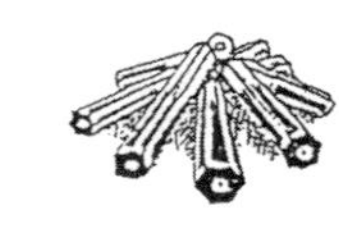

その頃の自動車台数は約150万台、それが8年後には約4倍の544万台になった。やがて〝マイカー元年〟と言われた1966年（昭和41年）を迎える（現代の保有台数は約8千万台）。

私も自動車の運転免許を取ることになり、大阪・都島の自動車学校に通った。百人ほどが学んでいたが、その中で女性はわずか3人だけ。1ヵ月余の学科の勉強と、運転の実技練習で免許を取得した。実技では私はトップの成績だった。20歳の時である。

ところがそれから1ヵ月後、学校から再試験するから来てほしいとの「呼び出し」が届いた。「なんでやねん！」。学校に行くと「運転技術で女が男より良い点を取るのはおかしい」と、陸運局から言ってきたというのだ。

「これからは女も運転する時代になる。学校側は、女だからと点を甘くしたのではないか。そんなことをするとは、けしからん。我々側が立ち会って、もう一度テストする」と言ってきたというのだ。

ということで私1人だけの再試験。その日は、いつもは薄汚れていた学校の車が、ピカピカに磨き上げられていた。真っ白なカバーが掛けられた後部座席には、校長と陸運局のお偉方が座った。助手席には警察から来た試験官。緊迫感がみなぎる中、私は発進する。

車はいつエンストしてもおかしくなボロ車。ハンドルは今ならパワーステアリングがあって容易に回せるが、水泳の〝犬かき〟よろしく、こまめにクルクルと操作しなければならない。

大勢の人が私を見ている。「ここで失敗したら女がすたる」「後に続く女性ドライバーのために、男のメンツをつぶしてやりたい」。私は心では気負いながらも冷静だった。

手信号で車を進めたり、停車させたり。急斜面の途中で一旦停止、そして再発進。私は車を1センチも後ろに後ろにずらさず、スムーズに前進させた。

試験が終わる。陸運局のお偉方が降りて来て言った。「この娘には120点をあげる。学校の点数に間違いはなかった」。そばで校長先生がホッとした様子で、私が褒められるのを聞いていた。学校の信用が守られたのである。

＊＊

どうして私は運転勘がいいのか。答えは、讃岐の海辺に育ったからである。郷里の海岸には網を干す竹の棚がある。大人の背丈ほどの高さがあった。私たちは平均台に乗るようにその上に登り、鬼ごっこをして毎日遊んでいた。時々落ちることはあったけれど、バランス感覚が磨かれたのでる。

また、長唄のお師匠さんについて、三味線のお稽古をしていた。音の聞き取りがうまくなったのだ。車のエンジンの音を聞き分け、スムーズにギア操作ができたのはそれらのお陰だった。

それにしても、勉強が出来なくて追試験を受けることはよくあることだろうが、運転がよくできすぎて、それで再試験を受けるハメになるなんて〝女はつらいよ〟である。

免許を取った私は、父の運転手よろしく、船場など大阪市内を運転して回った。女性が運転しているのは珍しい時代である。車を停めていると、「女が運転してるぞ〜」とよく覗（のぞ）き込まれた。

車はアメリカの中古車。左ハンドルである。車体はでっかくて、床が低い。大阪の中心部以外はほとんど未舗装で、車体の底をよくこすった。よくエンコもした。車、自転車、荷車などが雑多に動き回っている市内では、市電のレールの上もよく走った。図体の大きい外車の車輪の幅と、市電のレールの幅がほぼ同じである。そこに落ち込んでしまうと、ハンドルが作動出来ず、抜け出すのが大変だった。

それにしても、日本の敗戦で駐留してきた進駐軍は、あのマッカーサーさんは、なぜ日本をアメリカと同じ、「車は右側通行」にしなかったのか、今でも不思議である。右側通行だったら、輸入した車をわざわざ右ハンドルに改造する必要もない。外国へ行ってもすぐにハンドルを握り、日本でと同じようにすぐ運転できるのにと思う。世界中はほとんど右側通行である。今、左側通行の国はイギリスぐらいしかない。

以下のことも不思議だ。イギリスは日本と同じ右ハンドルで左側通行、大陸にあるフランスは左ハンドル、右側通行。今は両者の間にトンネルがあって、車も行き来出来る。わずかの時間で右側通行から左側通行へ、その逆もある。トンネルを行き交う人はどうして事故もなく、両方の地で車を走らせることが出来るのか、これも私にとって永遠の疑問である。

父の会社で経理の仕事をしたり、外車を運転したりして3年ほど過ごす。会社と商事会社の「伊藤忠」との間には取引関係があった。伊藤忠側の担当者が代わって、白崎博光と名乗る青年が会社によく顔を出すようになっていた。
郷里の三本松で私は祖母・サダに勧められて、何度も何度もお見合いをさせられていた。15歳の頃からそれがあり、私はお見合いにはうんざりしていた。でも、博光と会って「そろそろ私も潮時かなぁ～」と思った。大手商社のサラリーマンである。悪くはないなぁとも感じた。

1959年（昭和34年）秋、結婚式を挙げた。私23歳。夫・博光は私より2ヵ月ほど年上だった。新居は同じ大阪市内の天神橋にある、当時としては高層アパートの8階だった。

この年の4月、皇太子明仁親王（現・天皇陛下）と正田美智子（現・皇后陛下）さんが結婚式を挙げて、テレビ、新聞などのマスコミで大々的に報じられていた。ちょうど、その直後に私たちは結婚したのである。その頃、ペギー葉山が歌う「南国土佐を後にして」が流行っていた。

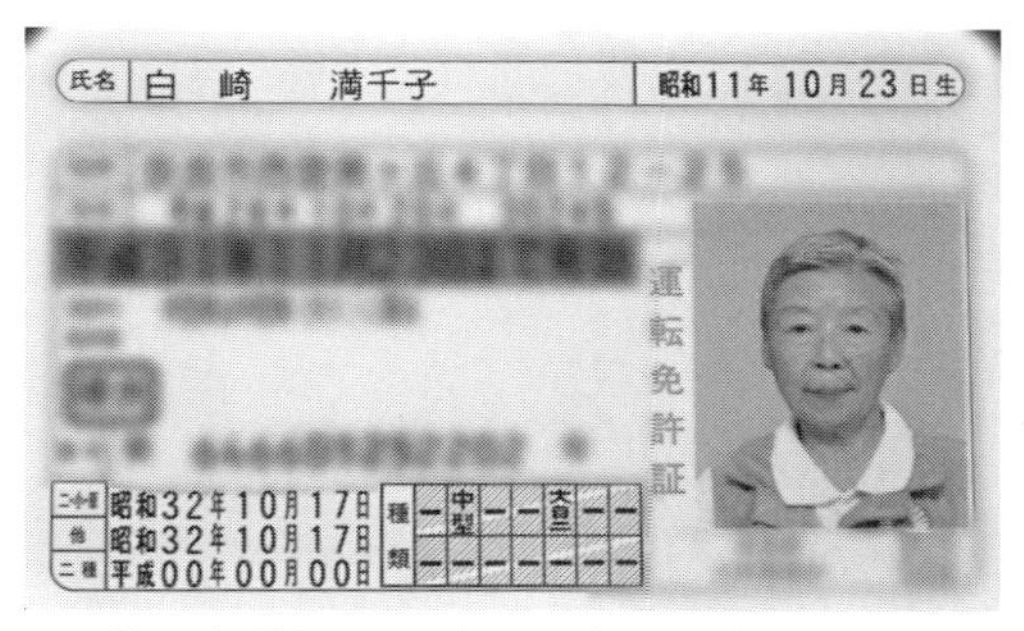

私の免許証。昭和 32 年の記載がある

昭和 30 年頃の大阪駅前。市電もバスも乗用車も、ごっちゃになって走っている＝大阪メトロ提供

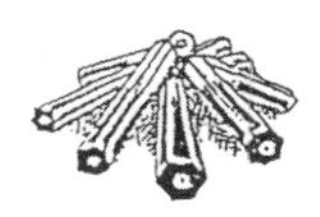

そして今

奈良市の自宅から大阪・難波に出て、高速バスに揺られること2時間半。着いたところは東かがわ市である。私のふるさと、そして父祖の地である。私は今、この地と奈良市の自宅を行き来しながら、二重生活を楽しんでいる。

東かがわ市にある住まいには、樹木が植えられる広さの庭があって、ここにイチジク、スダチ、ブドウなどの実のなる木を植えている。それぞれが季節ごとに実を付けて、私は収穫を楽しんでいる。果樹園ではまた料理を楽しんだりしている。

どろんこになっての土いじりに飽きると、家から1分ほどの海岸に出る。眼前に広がるのは瀬戸内海・讃岐の海。海面からの水蒸気蒸発が少ない寒い日には、沖合の小豆島が手に取るようにくっきりと見える。浜に行けば漁船が帰ってきて、ピンピンはねる魚やカニをくださる。宮薗節の一節が三味線のつま弾きとともに出てくる。

〽遊びをせんとや生れけむ、戯れせんとや生れけん……

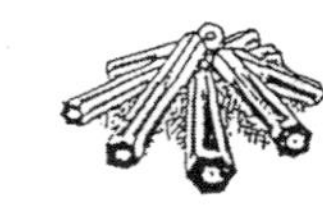

穏やかに打ち寄せる波に向かうと、長唄『新曲浦島』の唄が自然と口から出て来る。私は唄う。

〽寄せては返る　神代ながらの　浪の音……

三味線の伴奏、家ではかき鳴らすことがあるが、海岸では主に口三味線だ。

絵筆も握る。大自然の中、日の光を見ながら、あの色はどうやって出せるのかと、頭を巡らせながら絵筆を動かす。

市内に標高４１７メートルの虎丸山がある。頂上からは瀬戸内の眺望が広がる。私は寅年の２０１０年（平成22年）、プロ野球のシーズン前、阪神ターガースの戦勝祈願をここでしようと呼び掛けた。香川県の元副知事はじめ、内外からのトラファン80人が集まった。一行は「とらまる」公園に集結し、1時間半かけて山頂へ。頂上にある新宮神社で必勝祈願をした。仕掛け人の私は、阪神タイガースのユニホーム姿で参加し、先頭に立って歩いた。

庭での土いじり、草取り、果実の収穫、そして散歩。そんな私の傍らにいつもい

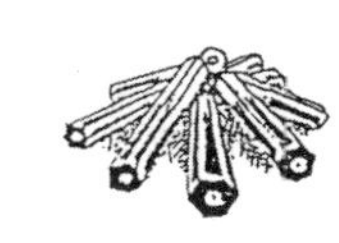

たのが、ポメラニアンの愛犬「ラック」だ。

２０１６年（平成28年）、桜の頃、私は庭の草取りにいそしんでいた。突然、脳梗塞（のうこうそく）に襲われ、芝生の上に倒れた。〝願わくば 花の下（もと）にて 春死なん……〟。西行法師の和歌が頭に浮かんだ。しかし「ラックが生きている間はまだまだ死ねない」。私は気力を振り絞った。

片手で這（は）って家の中に入り、携帯電話を取って近所に住む仲良しに電話した。すぐに夫妻でかけつけてくれた。私は救急車で病院に運ばれ、1ヵ月入院、後遺症はなく歩けるようになった。携帯電話を握ったときに目がかすみ始め、ボタンが見えにくく、舌ももつれかけていた。

その1年後の5月、17歳のラックは私の腕の中で安らかに昇天した。

今は大好きな庭仕事も体力の限界となり、散歩もラックがいない寂しさで、日課とはなり得ない。私はラックが走り回っていたこの庭を、ラックがいた当時の情景そのままに「ラックの庭」と名付けた。そして私は、ラックの思い出とともに生き

ている。

生きてよし、死んでよし。命はすべて神様に預けた。明日を思いわずらわず生きていく。そんな今日この頃である。私の大好きなターシャ・テューダー（1915年〜2008年）、彼女はアメリカの絵本画家、園芸家で自分の広大な庭で季節の花々を育てたのであるが、私も彼女の生き方そのままに生きていることを楽しみ、思った通りに歩んでいくつもりだ。

思えば私はただの子ども、娘、主婦、おばちゃん、おばあちゃんであった。それが、戦中、戦後の激動の「昭和」を経て、バブル経済誕生から崩壊に至った「平成」の時代には、夫の興した会社の舵取りを体験した。その平成も最後の年となった。
戦争中に『冒険ダン吉』（島田啓三作。田川水泡作の『のらくろ』とならんで子どもの人気者となった）という漫画があった。南の島に流れついた少年ダン吉がその地の王様となって、王国を建設するというストーリーである。腰蓑（こしみの）姿の少年ダン吉を覚えておられる方が、まだまだ大勢いらっしゃると思いますが、インドネシ

アを駆け回って、まさかと思っていた「ダン吉」の世界を、私は思う存分に味わった。「しなくてもいい亭主の荒仕事を何であなたがするの？」。そんな周囲の声を振り払って、私は社長業を受け継いだ。常々夫は言っていた。「会社は俺（おれ）の命」。夫婦として暮らして35年、ならば、家ののれんを守るのが妻であるならば当たり前のこと。今は海外を走り回って当然の時代。そう思って私も身命を賭（と）して頑張ってきた。

世界は無法地帯です。「ミセス白崎はキツイ」「ミスター白崎はやさしかった」と現地の〝ワル〟が言うのである。男はエエカッコするが、私は命がけである。インドネシアを駆け巡っていた頃です。「今すぐあなたをピストルで殺し、私もすぐ死にます」。そのくらいの迫力で仕事をせざるを得なかった。これが問題解決の第一歩だったのである。

その社業も長男の慶太が引き継いでくれた。彼は彼なりのビジョンを持って、時代の流れを読みながら「太陽炭」の炎を、燃やし続けていってくれることだろう。私はもう何も心配することはない。

〽夢だろうと　現実(うつつ)だろうと　わが人生に悔いはない……

私の大好きな石原裕次郎さんの『わが人生に悔いなし』だ。カラオケで私は好んでこれを歌っている。

高台からから見下ろす讃岐の海。私の海です。世界中の人々をこの地に受け入れたい。そんな夢を抱いています。

おわりに

私は今82歳になりました。夫・博光は25年前のクリスマスイブ、57歳のときに昇天しました。それから25年……　記念の日にこの本を出版し、夫の墓前に捧げたいと前々から計画していました。

そしてまた、この本は自分自身との対話であると思っています。これからもたくさんの方々とのご縁を大切にして21世紀を喜んで歩んで行きたいとの念で、出版を決意しました。

しかし、その後、私は大病で次々と入退院を繰り返しました。２年前には脳梗塞(のうこうそく)の発作があり、ふるさと讃岐で１ヵ月間の入院生活を送りました。その間に愛犬のラックが晩年になり、日々をその介護で過ごし、ラックは去年とうとう亡くなりました。

そんなことが重なって、本のことがのびのびになったまま今日まで来ました。私の残り少ない人生、まだ何とかたくさんの資料を読み込み、それらをつなぎ合わせて、それを文章に出来るのは今が最後かと思い、出版を決意しました。

娘時代からの知人で、大阪の図書出版会社「浪速社」の社長である井戸清一氏がいることを思い出しました。２０１８年（平成30年）７月初旬に電話して、私の文章、資料を送りました。その方は健在でしたが、現在、浪速社を引退した形になっているとのこと。しかし担当の杉田宗詞氏が引き継いで下さって、とんとん拍子で出版の話が進みました。

私は出版のことは何も分からなかったのですが、杉田氏や編集アドバイザーの方がいろいろとご指導して下さいました。文章の流れ、構成を考えていただいたり、資料をひもといて、私のあやふやな日時をきちんと調べて下さったりなどをしていただきました。そうした結果、すばらしい本が出来上がりました。

表紙は讃岐の太陽を日々写真に取り込んでいる和田精密歯研株式会社（本社・大阪市）の和田弘毅会長にお願いしました。博光が命を賭けて取り組んだ「太陽炭」の名にふさわしい表紙になったと感謝しています。

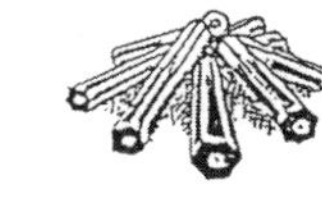

祖母からは芸事を、父からは商売人の魂を、夫からは世界へ飛び出す勇気を与えられました。博光の両親からは、戦後の中国大陸・満州から引き揚げ船で帰国する旧軍人たちの、本土への第一歩を一手に受けてたった国鉄マン、舞鶴駅長時代の義父・常信のことを伺い、その闘志を学びました。体の方は主治医の藪内祐也先生に見守られて生きています。

そして2人の息子とその家族に見守られながら、心静かに奈良と讃岐を行ったり来たりの日々。生き生かされていることの幸せを思い、感謝、感謝で日を送っています。

イタリア人の友人からお誘いを受け、私は9月初旬、ナポリに旅立ち、そこでこれを書きました。2ヵ月ほど滞在し、ポルトガル・ギリシャ・バルカン半島のモンテネグロなどにも足を伸ばして、これまでの激動の人生からはしばし離れ、のんびりと暮らす楽しみを存分に味わいました。その間の日曜日、バチカンにも行って教皇様のお姿を排し、お説教をいただきました。主に祝福されている我が身の幸せに感謝を捧げています。

イタリアからの帰途、ローマの空港から中東のドバイ行き飛行機の中で、私は82歳の誕生日を迎えました。これを知った機内のアテンダントら乗務員が私をエコノミー席からファーストクラスに迎え入れてくれて、お祝いをしてくれたのです。記念のケーキ、全乗務員からの寄せ書きもいただきました。奇跡としか思えないハプニングです。

こうしたことすべて、皆々様のお陰です。ご多幸をお祈りいたします。

２０１８年（平成最後の年30年）秋、奈良市の自宅にて

白崎　満千子

筆者近影
「ラックの庭」でくつろぐ。花と戯れ、歩いて１分、目前の海辺、砂浜をはだしで散策する＝東かがわ市で

■著者 プロフィール

白崎満千子（しらさき みちこ）

1936年　香川県三本松町（現東かがわ市）に生れる。
1954年　香川県立三本松高等学校卒業。
1957年　田中千代服装学園卒業。
1960年　白崎博光氏と結婚、二男を授かる。
1994年　博光氏急逝後、サンホワイト太陽炭株式会社代表取締役社長に就任。
2003年　同社代表取締役会長に就任。
2006年　同社相談役退任。

太陽炭に賭けた命（たいようたんにかけたいのち）
――主婦社長の奮闘記――（しゅふしゃちょうのふんとうき）

二〇一九年一月三十一日　初版第一刷発行

著者
白崎満千子

発行者
杉田宗詞

発行所
図書出版　浪速社
〒540-0037
大阪市中央区内平野町2-2-7-502
電　話〇六（六九四二）五〇三二
FAX〇六（六九四三）一三四六

印刷・製本
亜細亜印刷㈱

Printed in japan　ISBN978-4-88854-516—7